何秀竹的生活战斗

长篇

刘汀 著

天津出版传媒集团
百花文艺出版社

图书在版编目（CIP）数据

何秀竹的生活战斗 / 刘汀著. -- 天津：百花文艺出版社, 2021.9
（百花中篇小说丛书）
ISBN 978-7-5306-8111-4

Ⅰ. ①何… Ⅱ. ①刘… Ⅲ. ①中篇小说-中国-当代 Ⅳ. ①I247.5

中国版本图书馆 CIP 数据核字(2021)第 117289 号

何秀竹的生活战斗
HEXIUZHU DE SHENGHUO ZHANDOU
刘汀　著

出 版 人: 薛印胜　**选题策划:** 汪惠仁
编辑统筹: 徐福伟　**责任编辑:** 齐红霞
装帧设计: 任　彦　**特约编辑:** 孔吕磊
出版发行: 百花文艺出版社
地址: 天津市和平区西康路 35 号　**邮编:** 300051
电话传真: +86-22-23332651（发行部）
+86-22-23332656（总编室）
+86-22-23332478（邮购部）
网址: http://www.baihuawenyi.com
印刷: 山东临沂新华印刷物流集团有限责任公司
开本: 700×980 毫米　1/32
字数: 62 千字
印张: 5.625
版次: 2021 年 9 月第 1 版
印次: 2021 年 9 月第 1 次印刷
定价: 40.00元

如有印装质量问题,请与山东临沂新华印刷物流集团有限责任公司联系调换
地址:山东省临沂市高新技术产业开发区新华路 1 号
电话:(0539)2925659　邮编:276017

刘汀 / 作者

1981 年生，青年作家。著有长篇小说《布克村信札》、散文集《浮生》《老家》《暖暖》、小说集《中国奇谭》《人生最焦虑的就是吃些什么》、诗集《我为这人间操碎了心》等。现供职于某杂志社。

一

对自己被踢出家长沟通群这件事，何秀竹早有预感。

当她冲动地把多多的成绩单发到群里，而且@了所有人之后——尽管她不是群主，@无效——她就知道自己肯定要惹众怒。但是何秀竹必须这么干，也只能这么干。多多上学期期末成绩大爆发，考进了年级前五、班级第一，而且有两科满分，这无疑是老母亲最骄傲、最值得炫耀的事。收到老师发过来的电子成绩单时，她正跟丈夫马勋吵架。起因是何秀竹想再给多多报一个英文戏剧班，而马勋坚决反对。一开始，何秀竹发挥自己语速快而且善于重叠咏叹的本事，把马勋顶得节节败退。十五年的婚姻生活，早已让何秀竹和马勋之间的话语方式形成了固定套路，每一次交谈，最后都会落入同一个叙述循环里:不管是谁第一个聊起某件事,另一个立刻提出不同意见,接着试图互相举例子或仅凭感叹词和语气词驳倒对方;到了第二阶段,何秀竹的火气燃烧到顶点,开始竹筒爆豆子、暑天下雹子一样朝敌军扔炸弹,一阵噼里啪啦、轰轰隆隆,马勋被炸得哑口无言,满脸死灰色;最后,何秀竹嫣然一笑,说,真理不辩不明,道理不讲不清。马勋做一个长长的深呼吸,耸耸肩,无奈地笑笑,说,真理常常掌握在弱者手里。

这一次的常规战役眼看就要按照套路结束,马勋突然拿出一摞打印好的A4纸,上面密密麻麻,有文字有图片。何秀竹好奇地接过来看了看,原来是马勋处心积虑搜集的有关反对孩子报课外班的各种文章,作者的名头一个个都很响,从著名教育专家到哈佛女孩儿她妈。说实话,她正打算宜将剩勇追穷寇呢,哪想到从来都是小米加步枪的马勋扔出颗原子弹来。但是何秀竹战斗经验丰富,她不怕原子弹,就算你扔的是原子弹加上氢弹她也不怕,只是扔得这么突然，她毫无准备，有点儿招架不住。毕竟，何秀竹此前大部分争吵得胜是源于她事实上的胜利——多多的数学成绩是不是提高了？所以报数学班很有必要；多多在英语演讲比赛里是不是得奖了？所以英语补课不能少……现在她面对的那一摞纸里摆出的也是事实，而且是超级事实，她没法用多多的事实去反驳哈佛耶鲁和马云马化腾的事实。

不过，多多的事实毕竟更相关一些。就在何秀竹准备忍气吞声高挂免战牌，让对手暂且攻下一座城池，等到合适时机再反攻时，手机微信叮咚一下响了。她拿起手机，本意是借此转移话题，把失败化于无形，让敌人来不及品尝胜利果实就转战其他战场。微信里跳出一张成绩单截图，多多班级第一、年级第五，两科满分，比期中考试进步了一大块。更关键的是，图片下面老师还附带了一句话：多多妈妈，你们的补课成效显著，再接再厉，再创辉煌。

何秀竹从脚跟底下泛起一种最后时刻翻盘甚至起死回生的酸爽感，微微一笑，把手机递给马勋，下巴颏儿一扬。马勋看了两眼，很快像上千米高空熄了火的热气球，先瘪了，继而急速下坠，最终的命运当然是球毁人亡。为了这一次战斗，他准备了两个多月的时间，还咨询了三四个家有小儿女的同事，本意是想给儿子争取更多的自由玩乐的权利，没想到最后却被儿子自己打败了。看到多多这么好的成绩，他心里五味杂陈，不知该高兴还是伤心。

马勋已经记不清是从哪一天开始，自己在家里的话语权就被悄然剥夺了。说剥夺也不准确，像是海边堆起来的沙堡，不知不觉、潮起潮落间，堡没了，只剩下一堆细沙。刚谈恋爱那会儿，何秀竹跟她的名字很像，文秀如竹，有风轻轻摇动，无风静静伫立；骨子里很较劲，但做事很温和。就连结婚时挑婚纱这种女人最在意的事，何秀竹最后都心甘情愿地遵从了马勋的建议：她喜欢一套蕾丝花的，但马勋说这个看上去太土了，给她选了一件模特穿起来很高级，可她穿起来有点不伦不类的婚纱。他俩去吃饭，从来都是马勋说吃什么就吃什么，尽管何秀竹吃不了辣，他们还是常去川菜湘菜馆，点一堆剁椒鱼头辣子鸡。如果非要找一个自己沦陷的时间点，只能是从怀上多多算起，这小家伙在他妈妈肚子里还没黄豆大，已经成了家里的话语中心。或者再腹黑点儿想，何秀竹并不是真的愿意那么听马勋的话，她一直在等绝地反击的机会，她是一个隐忍的战略大师，非常清楚在什么时候采用什么战术。马勋一次次在微小的战役上取得胜利，某种程度上不过是何秀竹的战略撤退，诱敌深入腹地，然后一举歼灭。

多多协助何秀竹掌控了家里大大小小的事，但凡马勋有不同意见，多多就会作为一个无解的撒手锏出现，他只能乖乖听令。当然更重要的一点是，何秀竹确实比马勋能干、会生活，多年的摸爬滚打让她深谙如今社会的游戏规则，对每一件事都能冷静客观地分析，然后找出最适合他们的那条路。比如买房，马勋最开始考虑去天通苑买一个大房子，住起来宽敞舒适，可何秀竹坚持在四环内，而且必须是一公里生活圈：一公里之内，有地铁站、医院、幼儿园、小学、商场。他们现在住的五十平方米小房子也习惯了，如果这会儿让马勋从天通苑上下班，每天三个小时地铁公交通行，打死他也不愿意。再比如，多多三岁时上的幼儿园，何秀竹就在儿子的不情愿和马勋的反对声中，给他报了好几个课外班。然后幼升小，多多竟然凭借着弹钢琴拿到了重点班的最后一个名额——这年头，弹钢琴算什么特长呢？可人家多多除了钢琴，英文也很溜，重点班的班主任恰好是英语老师。

没错，我们可以说何秀竹是一个生活家，每天最多的心思都是用于怎么在有限的资源和可能之下，过好眼下和未来几十年的生活。对她来说，从一睁眼的早餐到晚上睡觉前的晚安都是战斗，都不能输，输也必须是战略上的撤退而不是溃败。两个人的工资和奖金，何秀竹都做了详细的规划，她细分的Excel表让学计算机的马勋都搞不太清楚，比如家庭支出这一项下面就有十三小项，不多的理财产品又分了五种，长线短线、保底不保底、基金股票，月月做预算，月月做结算，结余怎么花，亏空怎么补，复杂程度不亚于一家大公司的预算结算财务。马勋觉得，只要给何秀竹一个支点，她的确可以撬起地球，要是从政，至少能当个管经济的副总理。

这个阶段，所有战役的重点当然是多多。

何秀竹之所以把多多的成绩单发到家长群里，还@了其他人，让别人也晒晒成绩单，不只是为了秀自己孩子有多优秀——她当然知道这么做让人讨厌。何秀竹其实是为了曲线救国，这个国是她自个儿。她手机里有几十个群，其中有关多多班级、学校、老师、课外班的就有十二个，从整体上来看，多多只在其中的七个群里算是第一梯队，在三个群里是差生，两个群里是中等生。最近课外班形势比较严峻，中等生退步为差生，五个群亮红灯了：奥数、绘画、小提琴、机器人、口才演讲，各有各的问题，各有各的状况。何秀竹接连受到暴击而无处发泄，她必须找一个靠得住的出口，就是这时候，多多的期末成绩单成了她收复失地的大杀器，管他呢，先投出去再说。

何秀竹没办法不把多多的成绩看得这么重，因为有自己的人生在那里做参照，她深刻地知道，对普通人来说，学习不好就没有尊严，就没有好出路。社会发展到现在，吃饱饭已经不是难事了，难的是你能轻松愉悦地吃饱饭，还能想吃什么吃什么。人人都说，学习不重要，活得快乐最重要，可你满大街去问问，那些刚刚温饱、感冒都不舍得买一盒清热颗粒的人，能快乐吗？就算要烦恼，也要那种成功的烦恼、甜蜜的负担，因为你永远有退路有出路，而不是绝路。何秀竹用自己几十年的人生证明，绝大多数人天分都差不多，差的就是吃没吃苦。

二〇一九年的春节，何秀竹打破了她跟马勋结婚后形成的一个惯例，不再一年一家地回老家过年，而是留在北京。留守的目的，不是要过个京味年，而是要把多多的课外班重整河山。经过前一段时间全面系统地调查研究,她发现自己在这件事上走了错路、弯路。错误不在于报课外班太多,而在于没有对课外班报名进行有针对性的设计。何秀竹跟绝大部分家长一样，选业内口碑最好的补习机构，选补习机构里的名师,但是忽略了另外一点,那就是对同是课外班的学生的选择。最近她才慢慢琢磨明白,仅仅把课外班当成查缺补漏、提高成绩的地方,实在太可惜了,这儿还有其他很多用处。

“我得下一盘大棋。”何秀竹挥舞着菜刀,一边剁冻得硬邦邦的土鸡,一边跟马勋说。

为了更好地开展工作,何秀竹重新加入了家长群。这个家长群的群主并不是班主任,也不是常年班级第一的孩子家长,而是一个班里最有钱的孩子的母亲,大家都叫她“黄太太”。黄太太是全职妈妈,生了孩子之后就没上班,她老公是一家大公司的独立董事,家里资产过亿。这所区重点小学去年规定,教师不能建家长群,更不能在群里发通知——可问题是老师有很多事情要通知,怎么办呢,只能把通知发给一个家长，再让这个家长在群里发给其他家长。黄太太现在扮演的就是这个二传手角色。

开学第一天，何秀竹就被教育了。她以为开学嘛，就是去送孩子上学，办手续，领教材。可还没进校门就发现，学校门口的马路拥堵不堪，豪车无数，不亚于国际车展。等进了班级，那些家长们女的花枝招展挎着名牌包，男的一身西装夹着公文包，互相递名片、扫微信、留电话，敢情这可不只是开学报到，还是一个大型社交场所。黄太太声音尖细，皮肤白腻，头发烫着时髦卷，一进屋就自来熟地跟所有人打招呼："哎呀，今天紫外线好强哟。"

黄太太本来就建了一个家长群，但最初只有七个人，群名叫"七仙女"。这七个人都跟她是一个小区的，孩子们幼儿园就在一个地方上，划片的小学也是一个。开学那天，何秀竹知道了有这么个群，就想加入进去。对于何秀竹这种单纯因为学区房名额搬来，住着一个几十平方米小房子的人，黄太太一开始不想接收，但何秀竹自有她的办法。人不好打交道，她就走狗道。黄太太养狗，每天把孩子送到学校之后，必牵着狗出来跑步，有时候是狗牵着她跑步。何秀竹不养狗，但她知道搞定了狗，也就搞定了狗主人。何秀竹见黄太太的狗是一只纯种柯基，于是通过查资料和跑到宠物医院去咨询，把这种狗的习性搞得门清，连它喜欢什么颜色、什么味道都掌握了。何秀竹也在同一时间去跑步，穿黄颜色的运动衣，喷了恰到好处的香水，那只狗果然对这个总是路过的人心生好感。何秀竹趁机夸狗，然后假装偶然地提起两家的孩子是一个班，继而对黄太太的儿子一通夸，侧重点是夸黄太太教育得好，两个人在这一点上迅速达成了共识。有了这个基础，一切就水到渠成了，过一段时间，她看似无意地跟黄太太说，学校不让老师建群，但班里其实应该有一个家长群，这样方便大家互相交流。黄太太便说自己建了一个群，何秀竹就说，这个群其实应该扩大，把所有家长都拉进来。黄太太觉得这违背了自己的初衷，有点儿犹豫。何秀竹说，你看孩子们在班里排名竞争，其实也是家长们的竞争，我知道你家里有钱，但学校毕竟主要看成绩不看收入。还有就是，看家长对老师和学校的影响力，咱们是群众，你这个群主如果能影响到一个班级的家长，也就等于是一定程度上在影响学校和班级，这对你家孩子有好处啊。三说两说，黄太太心动了，然后两个人就把所有家长都拉到了群里。

这个群后来做了两件事，让黄太太觉得这个决定做对了。第一个是，有一年春游，学校安排的线路非常无聊，她们就在家长群里商议家长们出钱自己安排，当然一切都不违反学校的规定，结果这次春游效果极好。有一个家长在报社当记者，趁机报道了一下学校的自然教育，校长很高兴，老在家长会上举这个例子。还有一次就是，家长们群策群力，把国内一名非常著名的作家请到了班里去讲座，结果这个作家人气太高了，一个班级的讲座最后成了全年级学生都参与的文化活动，让学校趁机上了一下热搜。全校师生都很高兴。

可是时间长了，何秀竹的一些做法让黄太太有点儿不满，她后来想想，很多事都是别人出主意，自己执行，何秀竹好像是垂帘听政的慈禧，自己仿佛是光绪帝，于是趁着那次何秀竹秀多多成绩，把她给踢了出去。黄太太本来想，何秀竹来跟自己服个软，她再把她拉回来，就说不小心误删。哪承想，何秀竹一直没动静，她又不好意思主动去问，两个人一直这么尬着。就算在小区或学校碰见了，还是如常地点点头，聊聊孩子说说狗，不谈这个事。

一直到大年初二，何秀竹借着拜年的机会约黄太太。拜年当然是幌子，何秀竹是带着自己的一整套计划约黄太太的。黄太太在咖啡厅里正襟危坐，想矜持几分钟，可是何秀竹的计划说完，就问了她一句：你参不参加？这就跟问全中国的女人参不参加双十一疯狂购物一样，黄太太想都没想就说：必须参加。她心里挺佩服何秀竹的，觉得她真是有想法，而且有执行力，这一点自己赶不上，那就只能跟着走。接下来，何秀竹回群又成了顺理成章的事。

“当头炮打得不错。”何秀竹跟马勋说。第一颗棋子动起来了，这盘棋也就活了。

何秀竹和黄太太先是跟班级前十名的家长单独做了沟通，统计了他们都报了什么班，都在哪家机构、哪个时间段上课。统计完心中有数了，两个数学最好的孩子报的奥数班（有时候不叫奥数班）跟多多是同一家机构，但是不同班；另两个报英语班的不是同一家机构，但反馈很好，主要好在他们那里的外教是真正的英美国家来的，而不是很多英语培训机构那样，找的都是印度、多米尼加等其他英语国家的老师，多多得转过来。另一个方面，何秀竹对多多现有的课外班同学和家长做了一个统计分析，她发现，虽然都是同一个补习班，但孩子们和家庭的情况差别很大，何秀竹要做的就是有针对性地优化多多周围的同学。何秀竹和黄太太通过各种方法跟这些补习班的孩子的家长取得了联系，他们有的是企业高管，有的是大学教授，有的是政府公务员（处级以上），何秀竹单独拉了一个群，表明了自己的态度：我们应该强强联合，既让孩子们互相学习互相促进，也使他们在这里结交将来可以资源整合、互相合作的人脉。何秀竹说，我们花了大价钱、费了大力气进到重点小学，并不只是为了高质量的教学水平，更是为孩子的将来选择同学圈、朋友圈；在培训机构里也是一样，你的孩子跟什么水准的同学一起学习，决定了他将来是什么样的格局、视野和资源，因此我们必须好好利用这一点。何秀竹的想法得到了几乎全部家长的认同，然后大家就开始调整上课时间，争取把所有人凑到一个课外班里。

大年初六，新年度补习班第一天开课，看着多多跟小伙伴们走进教室，何秀竹终于松了口气，这盘大棋算是步入正轨了。参与的家长都很满意，每个人都得到了相应的配置。何秀竹更满意，在所有这些人里，她可是资源最差的一个，多多不是超级学霸，她跟马勋顶多是小中产，既没有商业资源，也没有行政资源，但是最后多多跟所有这些人的孩子们平起平坐，获得了同样的学习机会。

趁着多多在上课，何秀竹和马勋坐在新中关的一家餐厅里吃晚餐，难得的二人世界。何秀竹要了一瓶红酒，一边摇晃着杯子醒酒，一边得意地跟马勋说，咋样？你老婆厉害吧，服不服？马勋五体投地，赶紧举杯说，心服口服，向伟大的老婆大人致敬。

玻璃杯碰玻璃杯的声音清脆悠扬，叮叮如山中泉水，在何秀竹听来，宛如又一场战斗的凯旋之音。

二

二十五年前，她十六岁，即将初中毕业。

她成绩不错，但因为生活的地方太偏僻了，根本不了解社会状况，她和她的家人、老师、同学都不知道，那个年月，中国高等教育即将迎来大发展，教育市场化和扩招政策呼之欲出。在她们家乡那儿，人们还都说，读中专好啊，上三年学，国家包分配，毕业就挣钱，一辈子"铁饭碗"。这句话是对那些想读高中考大学的人说的，他们还接着说，考大学得先读三年高中，绝大部分人考不上，就算考上了，毕业了高不成低不就，反而找不到工作。这两句话她听了许多遍，但她自小的愿望就是考大学。她第一天去村里的小学上学，背着母亲用破旧衣服碎片给她缝的花书包，书包带有点儿长，一走路就啪嗒啪嗒拍屁股。她喜欢这种声响，每一声啪嗒里，都有书本纸页摩擦的细微声，一听到这个，她就开心，觉得自己能飞起来。村里的大人看见，都问：秀竹上学去啊？她骄傲地昂起小脑袋：嗯，我要考大学。大人们都笑，觉得一个孩子还真敢想，那时候她们十里八乡只有一个大学生，还是二十年前的。说多了，再加上她确实从一年级开始就始终第一名，人们也不免嘀咕：这小丫头，将来没准真能考上大学。毕竟，多年前那个唯一的大学生就出在她们家的院子，那家人搬走了，她父母结婚时没地方住，买了那几间没人要的土坯房。

从小学到初中，她所向披靡，成绩一直保持在班级前三，经常是第一名。等到了初二，班里突然来了几个转校生，听说还是从大城市里来的，因为父母工作的原因，暂时到这里借读一年。那时候，乡镇的初中刚开始普及英语教育，何秀竹他们英语老师就是个中师毕业生，一口英语听起来满是山东腔，读课文像英文版的山东快板。但新来的几个学生，张嘴就是美国音，人家甚至能用小录音机直接听英文歌，边听边唱，还能跳很多高难度的动作。多年后她才反应过来，他们听的是迈克尔·杰克逊，全世界都有名。再一次考试，她的排名一下子落到了班级的第五，她不服气，起早贪黑学习，可最后还是比人家差几分。有那么几次，拿到成绩单，看着那微弱但永远无法拉近的差距，她挺悲哀的，吃得比人家差、穿得比人家差，她都能接受，可成绩比人家差，她心里头不服气。但有什么办法呢？除了更加努力，她什么也做不了。

好在初三下学期不久，这几个人就都走了，何秀竹又回到了班级前三名。期中考试一过，就要报考了，班主任在班会上跟同学们说，班级前三名就俩选择，第一个是考中专，三年毕业，毕业就是国家干部，一辈子不愁。第二个就是考高中，读三年，不一定考得上大学，考上了，不一定能有工作。班级前十名，就看你能不能超常发挥，碰碰运气。剩下的同学，想参加的就考一下，给自己留个念想，不想参加的就别浪费报名费了。

她想都没想，说自己报高中。班主任说，别着急，好好考虑考虑，这么大的事更得跟家里商量一下。

那个周末，她步行二十里回家，肩上背着大书包，包里是一摞卷子和瘪了的干粮袋。此前她每周六下午回来，周日下午返校。返校时带着一口袋母亲蒸的戗面馒头，还有一罐子咸菜，这是她三天的口粮。另外三天用粮票在食堂吃，也主要是馒头和咸菜。

到家时太阳落山了，为了省电，屋里还没亮灯，父亲和母亲正摸黑在地桌旁吃饭。不用看，只听父亲嘴里咀嚼的声音，何秀竹就知道他们吃的又是小米饭就咸萝卜，家里的面，主要给她和弟弟吃。母亲永远把小米饭做得黏黏糊糊，吃到嘴里时吧唧响。好在她特别会腌菜，不管什么蔬菜，只要让母亲细细致致地用水汆了，再给她足够的盐，她就能腌得特别好吃。黄瓜翠绿，萝卜清爽，白菜脆生，芥菜叶子有淡淡草香味。腌黄瓜在全家人的牙齿中咯吱咯吱响着，把黏糊糊的米饭顺利送到胃里去。

秀竹你咋回来了？

母亲看到她，有点吃惊。何秀竹两周没回家了，她说初三下学期，学习任务重，二十里路走来走去太耗时间。前两周，她的干粮和咸菜都是同村的一个同学给捎去的。

饿了吧，快吃饭吧。父亲说着，放下了碗，嘴里仍然是咯吱咯吱声。

我不饿，她说，我还剩一个馒头呢，路上吃了。

弟弟的碗空着，里面剩下不少饭粒，一看就是匆忙吃完，跑出去找伙伴们玩去了。

她知道，不晓得她要回家，母亲只做了三个人的饭，她吃的话，父亲就吃不饱了。

父亲坚持让她吃，她只好接过大半碗黄澄澄的饭，往嘴里缓慢地扒拉。

父亲找出烟口袋，把已经成了末子的烟叶揉进烟袋锅里，划了火柴点着，吸一口，吐出一股浓烟来。

这样的场景，几乎每一次她回家时都要重复一遍。接下来的台词也永远不变，但是每次说，她都像是第一次那么紧张和窘迫。

又要交啥钱？父亲小心翼翼地说，好像特别怕从她嘴里冒出一个他完全无法承担的数字。

资料费、伙食费、住宿费、报名费……她也小心翼翼地报出名目和数额。虽然她不是他的亲生女儿，可她念书从来没让他们操过心，而且每年都拿回红红黄黄的奖状，有时还有奖品，可每一次跟父亲讨钱时，她依然有种说不出的羞耻感，仿佛她讨这一点儿钱，是要去干什么见不得人的事。她知道这都是因为穷，因为她家的特殊情况。那些有钱人不会理解，穷人仅有的那点儿自尊，并不是针对他们的，而是针对自己最亲近的人。弟弟从来不这样，他每次跟父亲要钱，像是来讨债的债主。爸，学杂费一百三十元，你给我一百五十元。爸，报名费四十二元，凑个整，五十元吧。弟弟成绩也很好，所以父亲大多数时候都满足了他，尽管母亲老是念叨不该多给他。她有几次看见弟弟和他的狐朋狗友们，偷偷躲在牛圈里抽烟，而且是有过滤嘴的香烟。父亲这辈子都没抽过几次的。可是她不想去揭穿弟弟，她觉得他能享有这种奢侈的禁忌，是对自己亏欠的平衡。她也想跟有钱的女孩子一样，买漂亮的裙子，抹最贵的雪花膏，甚至打个耳洞，戴上亮莹莹的水晶耳环。但这不可能，所以她愿意让弟弟在一定程度上替自己去实现这奢侈的放纵。她要把眼光放远一点儿，她知道只要自己考上好大学、找到好工作，这一切都能在后半生慢慢补偿回来。

就五十元报名费，她说，我回来是老师让跟家长商量，报考中专还是高中。

拾掇碗筷的母亲停下了手脚，父亲嘴里含着一口烟，半天才吐出来，那些烟雾在他脸上的皱纹里久久不散。他们心里当然清楚，她一门心思考大学，但还是问：你自己咋想的？

她说，我就是想读高中，将来考大学。

母亲重新坐在小板凳上，父亲又使劲儿吸一口烟，但那袋烟已经在他们沉默的空当里燃烧殆尽，他只吸了一嘴的烟油子味。父亲开始在凳子腿儿上磕烟袋，把里面的灰烬磕出来，烟油子味立刻扩散开了。

他放下烟袋，看着何秀竹说：秀竹，咱们家现在是这样。你弟弟出生时住院的钱，从你三爷家借的，还了这么多年，还欠两千元。家里有一头牛，种地全靠它，卖了就得喝西北风。地呢，一共十三亩半，十亩山坡地，你也知道，收不了多少粮食，收了也卖不了多少钱。我想出去搞副业，找个工地打工，可你妈一个人家里又忙不过来。我打听过了，读中专没学费，有的学校每个月还有七八十元的补助呢，读高中三年的学费得好几千元，还怕考不上，这钱就白花了。你弟弟也初一了，将来让他考高中吧。你是老大，又是女孩子，将来能有个工作，嫁个好人家，也就行了。

这些话，父亲不说她也清楚，她甚至也知道自己最后的选择是什么。但她总要挣扎一下才甘心，这是她注定要溃败的一场战斗，可是她必须放一枪，哪怕只是朝虚空放一枪也行。她嗯了一声，把脸埋在了那只瓷碗里，眼泪落在了黏糊糊的小米饭上，让那坨饭看起来像是糨糊。她不能对眼前这个自己叫作“爸爸”的人要求更多，作为一个重组家庭，他对她的好甚至超过了很多亲生父亲对自己的儿女。她永远都会记得，七岁那年，母亲带着她第一次走进这个家门时，这个男人往她的手里塞他从山上采来的野果子，脸上笑着。野果子红彤彤，他的脸也笑得红红的，她是个孩子，也能感觉到他的真诚、和善。为了这个家，他真是起早贪黑，像牛一样干活儿，也像牛一样整日闷着头，他唯一的放松就是抽几袋烟。下午的那些话，是这么多年他跟她说过的最多的话了。她们来了一年后，弟弟出生，他也并没有对自己生分。有几次，她夜里醒来，听见隔壁屋子里的父母还没睡着，在有一句没一句地聊天。母亲说，老何，真是谢谢你呀。父亲说，啥？母亲说，你对秀竹跟亲闺女一样，她是好命。父亲说，这有什么啊，秀竹是个好孩子，我养了这么多年，就算是养一只小猫小狗，也有感情了，何况是人呢？然后她听见一些窸窸窣窣的声音，她知道他们悄悄地钻到了一个被窝里。她赶紧命令自己睡着，睡着，快睡着，可是却越来越清醒。她只好把头蒙进被子里，再用手捂住耳朵，她并不太清楚父母到底在干吗，但她知道，那一定是一件不该被其他人听见的事。

第二天一大早，她匆匆赶回学校，还是带着母亲蒸的馒头和咸菜，再就是五十元报名费。其实她一夜没睡，她想了很多可能的回旋余地。她想，如果能够从哪里借到钱，自己读完高中，将来再还也行；又想要不要先去打一年工，挣到钱了，再回来读书；如果有人给她留住读大学的机会，她能为他做任何事，任何事，不打折扣的。太阳光从窗帘缝里照射进来，她知道第二天到底是来了。天还黑着的时候，父亲和母亲就起床了，他们轻手轻脚。父亲说：让她多睡会儿，等下还得走几十里路。他们走出屋子。她躺在床上，脑海里被父亲和母亲的身影充满：父亲在给那头牛添最后一遍草料，饮水；母亲烧火，和面，蒸馒头。闻到蒸锅里散出来的面香味，她终于不再去幻想读高中的事儿了，她清楚，自己此刻的命运，就像蒸锅里的馒头，已不再可能变成其他形状。

她报考了中专，那是二十世纪九十年代中期最后几批中专生了。考试发挥正常，成绩出来后不久，她被离家几百公里的北方矿业专科学校录取。收到通知书时，全家人都很兴奋，她虽然因为没能读高中、上大学而遗憾，但自己十几年的书毕竟没白读，心中也是感到安慰。父亲想请亲戚朋友吃饭庆祝，被她拒绝了，她怕人家说他们是为了份子钱。她对村里的人，没有什么深切的情感，不管是亲戚还是邻居，就像她上学第一天就笃定自己将来要考大学一样，她也很早就知道自己肯定要离开这个地方。十六年来，她在此生活，可每天想的都是其他地方，现在，那张离开的车票拿到手了，她又怎么能在这里欠下一河滩的人情？

可是最后，父亲还是禁不住亲朋们的询问，你养了这么多年的外姓女儿，就不能让你风光一回？

父亲心里不甘,只是不愿意强迫她,想算了,却是母亲觉得应该办一场,也让人们知道,何秀竹是懂得感恩的。似乎就是这次请客之后,她和父亲的养父女关系,在村里人眼里才变成了真正的父女。父亲端着烟袋逡巡在村子的广场上,人们常常会问,老何,你家姑娘考的啥学校?是一个啥矿业学校,通知上说了,三年毕业,将来包分配的。离村子一百多里的地方,有一座金矿,是整个县里最有钱的地方。人们对所有矿业的想象,都是从那里来的。何秀竹的一个表哥就在这个矿上,做最底层的矿工,每个月都能有五百多元的收入,过年过节回来走亲戚,总是给大人们发过滤嘴香烟,给孩子们一大把水果糖。何秀竹去读矿业学校,那将来肯定不是下井工人,是坐办公室的,噼里啪啦打着算盘,稀里哗啦看着报纸,每个月还发洗衣粉、卫生纸,过年过节发大桶的植物油、鸡蛋。将来呢,再找一个矿上的老公,双职工家庭,那得是啥生活啊?从这些想象和村里人七嘴八舌的假设中,老何得到了一种满足,连从肺部咳出来的烟雾都多了一种清凉之感，他几十年弯曲的颈背，也稍微挺直了些。

她坐在村后的谷子地里，那些大穗的谷子正从青转黄，她握着它们，沉甸甸的，心里说不上喜悦，也说不上伤感。她觉得自己完成了一件大任务，不满意，但能接受。就像这满地的庄稼，长得这么好，可从小的生活早就教会了她，几亩地的谷子，也换不来一台电视机，换不来一辆三轮车。粮食这东西，没有的时候，命一样金贵，够吃的时候，就不值钱。

但这毕竟是她生活里的一个秋天，她还是会憧憬读书生活和读书后的工作。她想无论如何，自己算是从泥土里把扎得最深的那条根拔了出来。最大的概率是，她会成为某座矿的一个正式职工，有能每天洗澡的宿舍，有工资奖金，如果努力并且运气好，她还可能是在矿务局坐办公室的那种。花花绿绿的裙子、香喷喷的雪花膏、打着蝴蝶结的发卡都在向她招手。只是不是现在，现在她唯一可以马上实现的就是打两个耳洞。这个本来也不急切，有了耳洞她也没什么可戴的。但是那天,母亲悄悄把她叫到里屋,递给她一个灰色的小木盒。她打开一看,里面竟然是一对翡翠耳坠。因为年深日久,翡翠有些暗淡了,可那深沉的绿色里,仍然闪着它的价值。何秀竹惊喜不已。

母亲说,这是她姥姥给她的,也就是何秀竹的太姥姥。太姥姥家里当年是个不大不小的地主,有不少珍贵首饰,"文革"的时候"破四旧",绝大多数都毁掉了。太姥姥冒着危险,偷偷给每个子女留了一件小首饰。这件东西,母亲本来是想留给弟弟将来的媳妇的,但因为何秀竹放弃高中读中专,她总觉得对不起她,就瞒着父亲、弟弟,给了她。

有了它,她再也等不及去打耳洞了。有钱的话,可以去镇上的理发店,有专门打耳洞的项目,一个耳洞十元,两个就是二十元。但村里人都不会花这个钱,她们有自己的办法。从赤脚医生那里借一点儿酒精,用棉花蘸了给耳垂消消毒,把缝衣针在烛火上烤到发红。再从米缸里找两粒米,放在耳垂的两边不停地揉搓，米粒会把耳垂部分皮肤和肌体变薄，而且由于持续的揉搓，这一块会因为失血而感到麻木。这时，再用最快的速度把烧红的缝衣针穿过耳垂，轻微的灼痛中，一个耳洞就成了。为了让耳洞不因血肉愈合而封闭，她们会找一根细细的小笤帚棍或小树枝穿进去，直到这个细小的耳洞真正形成。当然有失败的，有的是伤口发炎，不得不去医院里打针输液，还有的就是几天后耳洞长死了，把那根小棍裹进了肉里，就只能再撕心裂肺地生生拔出来，也还是要去医院。

她很幸运，除了伤口处稍微有点炎症发红，没出现其他情况。一周后，她的两个耳洞已经可以戴耳坠了。在镇子的长途汽车站里开往学校所在小城的长途车发车后，她从背包的最底层找出那对翡翠耳环，戴在了耳朵上，那种轻微的下坠感，让她获得了特殊的满足。从此之后，她何秀竹再也不是一个单纯的农村女孩儿，她是一个中专生了，一个戴着翡翠耳坠的中专生。

三

何秀竹又做梦了。

在梦里，她跟镜子里的自己说话，她说什么，镜中人就说什么，像一个重复的机器人。时间久了，何秀竹忍不住发怒大喊，镜中人竟然燃烧起来，烈火中发出咯咯咯鸡叫一样的笑声。何秀竹颤抖着醒来，身边的马勋迷迷糊糊中知道她又做噩梦了，只是握了握她的手，翻个身继续睡去。他已经习惯了。

第一次做这个梦是什么时候？就是跟马勋确定关系那年。研究生二年级，有同学组织大家去五台山徒步加露营，他俩都报了名。两个人同级不同系，有几门公共课一起上，彼此都脸熟，但没怎么说过话。谈恋爱之后，他们细细回想，似乎有几次课堂上挨着坐过，马勋还借过何秀竹的笔，但交往也仅限于课堂。那时他们都没想过，两个人后来会成为一家人。

一路上山很顺利，到了五台山的大殿上，正赶上僧人做法事，不知道是在超度什么人还是常规法事。阵仗不大，但看起来严肃规整。一个僧人在香炉前，一边焚烧用黄纸写的祭文，一边大声念着经。看了这一幕，何秀竹突然脸色发白，双腿虚软，就在即将瘫坐在地的一刹那，一双手扶住了她。是她旁边的马勋。

你怎么了？马勋问。

没事，她说，可能是有点儿低血糖，虚脱，歇一会儿就好了。

他扶着她到旁边的台阶坐下，把水壶递给她。

她喝了两口水，说，我没事了，你去看吧。

马勋恍然大悟般说，我知道了，你肯定是身体……明白，我给你弄点儿热水去。

几分钟后，马勋不知从何处弄来半杯热水，兑在她的水壶里，水变得温热而不烫。她猛喝了几口，感觉好了些。何秀竹知道马勋以为她大姨妈来了，她也不去说破，自己之所以如此，是猛然间想起了她最不愿意想的事。

考研那两年，她租不起北京的房子，只能躲在老家复习功课。父母不理解，既然拿到了同等学力的本科文凭，完全可以在县城里找个工作养活自己，干吗还非要考研？就算读了研究生，毕业后不是也一样找工作吗？而且，那会儿因为多年的扩招政策，研究生的工作比本科生还难找。何秀竹跟父母吵了一架，说当年要不是他们逼着她读中专，自己也不用绕这么远的弯路了。吵完了，她又心虚、愧疚，考中专说到底还是自己的决定，父母并没有真的逼她，是她自己逼自己。后来，父母知道改变不了她的想法，就想着换个方式，催她找对象结婚。他们三番五次地给她介绍镇子上的小伙子，创造机会让她和他们相中的人见面。为了能继续留在家里复习，何秀竹每一次都去配合演出，但一见面就告诉对方，她是不会结婚的，来这儿只是为了让家人放心。时间一久，家里人反而更担心了，因为在县城开修理铺的弟弟回来告诉父母,他有一个同学离家出走了,原因是,她是同性恋,跟父母坦白了自己的性取向,父母接受不了,她无奈之下离家出走,至今下落不明。

她对弟弟十分失望。她当时读中专的另一个想法,就是觉得将来弟弟会读高中,然后上大学,替自己完成这个梦想。可弟弟到了高中之后,跟镇上的一群同学混在一起,整天看录像、打台球,根本无心学习。他最后连高考都没参加,毕业了就在镇子上开了个摩托车维修部,勉强混口饭吃,对象谈了两三个,最后都没成。弟弟有意无意地说,她不结婚,他就谈不成对象。

弟弟本来当闲谈说起,不想听者有意,母亲私下里问弟弟,同性恋是啥样?弟弟说,没什么,看着跟其他人一样,就是男的不喜欢女的喜欢男的,女的不喜欢男的喜欢女的。她妈听了,捂住了胸口。他们不敢跟她当面提这个事,但是私下开小会,越说越觉得她像同性恋,想着该怎么办。

打听来打听去，终于从一个亲戚那里听到一个办法。在当地，流传着一个叫泰山奶奶的神灵，可以帮人免除灾祸。人们还说，可以去泰山奶奶那里换人，用一个新的人把旧的人换走，这样原来那些问题就都没有了。这些事，何秀竹一直被蒙在鼓里。

端午节刚过，天气开始热起来。何秀竹正在院子里的树下背单词，一阵咯咯咯的鸡鸣推开了院门，父亲拎着一只芦花母鸡走进来。母亲听见鸡叫，急匆匆自里屋奔出，瞧见父亲说，回来了？问准了没有啊，是不是头窝鸡蛋孵出来的老母鸡，还有蛋茬儿开了吧？

问了，父亲说，她二娘说这只老母鸡她记得最清楚，前年夏天孵出来的，头窝鸡蛋，刚入伏就出窝了。昨天开的蛋茬儿，这不是第一个蛋刚下出来，还热乎着？父亲另一只手里是一个白白的鸡蛋。

抓鸡干吗？要来客人？咱们家不是有鸡吗？她合上书问。

父亲看了她一眼，又看母亲，欲言又止，努努嘴，让母亲说。

母亲把手在围裙上搓了搓，说，秀竹啊，我跟你爸商量了，想去泰山奶奶那里给你换个人。

她的头嗡的一下，眼前恍惚，她听说过这种事。还是她小时候，村里有一个酒鬼，每天都喝得醉醺醺，躺倒在马路上，狗撒一身尿都醒不过来。后来，他家里人就带他去泰山奶奶那里换了一个人。回来后，他滴酒不沾，性情大变，整个人都木木的，很少说话。她记得很清楚，换人之前，不喝酒的时候，他很会唱快板讲笑话，很得小孩子们的欢迎。换了人之后，他只会直愣愣盯着人看，看得人心里发毛。何秀竹生出一种隐隐的恐惧，读书这么多年，她当然不相信什么换人的说法，可童年时村人大变样的事实和各种传说，还是让她不由自主地感到害怕。

我不去，她说，我好好的，干吗要去换个人？

父亲走上前，瞪着她说：你必须去。你要不去，我绑也把你绑去。父亲很少如此决绝地跟她说话，她第一次觉得，这个男人的隐忍里藏着些坚硬的东西。

那只鸡被父亲拎着翅膀，两只爪子在空中弹抓着，但是毫无所获。豆子大的眼睛，警觉而绝望地看着何秀竹，她发现鸡的眼睛竟然这么亮、这么黑，像两颗珠子。小时候家里杀鸡，她总是跟弟弟抢着吃鸡眼睛，据说吃了这个，就不会得近视眼，看书过目不忘。煮熟的鸡眼睛是灰白色的，其实不好吃，像是面粉做的小豌豆。现在，她觉得自己吃过的所有鸡眼睛都变成了黑色，一颗颗密密麻麻挤在一起看着她。

她发出了一声尖叫，但是脚没有动，不知为什么，她觉得自己双腿没有知觉，不听使唤了。她一动也动不了。

母亲走过来说：秀竹，这只鸡就是你的替身妹妹，你得给她起个名字。

我不要，我不要替身妹妹，我就要我自己。她喏喏地嘟囔着。

做好这件事，我们就不再拦着你复读考研了。

父亲说。

何秀竹听了心里一动,她知道自己在家的这段时间,他们也承受着压力。

好,你们说话算话。何秀竹说。

她给这只鸡起名何翠竹。

下午的时候,何秀竹遵从母亲的嘱咐,换了一身素净的衣服,跟着她去了村东的元君庙。这里供奉着泰山奶奶,全称天仙玉女泰山碧霞元君。小时候,每逢年节或泰山奶奶的诞辰日,她们也经常到这庙里来玩儿,看大人们烧香磕头,祈祷平安。何秀竹从未想过,自己有一天会跟她发生这么复杂的联系。

跟她们一起来的,还有那只老母鸡——何翠竹。这一会儿,何翠竹被关在藤条扎的笼子里,依然瞪着黑亮的眼睛,不时叫两声,咯咯,咯咯。它不知道自己成了一个女人的替身。

父亲母亲都在泰山奶奶像前跪下,让何秀竹也跪下,磕头上香。父亲起身,把何翠竹捉出来,另一只手里多了一把刀。他把何翠竹按在地上时,何秀竹也浑身哆嗦,尽管她知道那只是一只鸡,从小到大,她不知道看过多少次父亲杀鸡了。可这一会儿,何秀竹突然有点担心那只鸡真的是自己的替身妹妹,是一个有着魂魄的人。但是她说不出话,也动不了,眼看着父亲手起刀落,剁掉了鸡头,一股黑色的血从鸡脖子的断口处喷涌而出, 溅在她的白鞋子上。何翠竹的两只黑爪子,仍然在弹抓着,很快彻底伸直了。父亲放下何翠竹,从兜里掏出一张写满字的黄表纸来,开始念,念完掏出火柴,把纸烧了。他的声音出奇地大,像变了一个人。从此之后,这个场景就扎根在她头脑里了。

回到家,母亲把整只鸡用铁锅煮了,除了一点儿盐,没放任何其他调料。何翠竹被一只大瓷碗端上桌子,摆在何秀竹的面前。

吃了它,母亲说,一点儿都别剩,全吃了。

鸡肉虽不太老,但炖得时间不长,而且因为没有放佐料,有一种鸡毛水般的腥味。何秀竹硬着头皮撕咬那只鸡，撕咬着已经被煮熟的何翠竹。母亲说，吃完了，她就能是一个全新的人了，那个有着某些说不清的毛病的何秀竹，会跟着死去的何翠竹一样消失。

这件事，除了家里人，何秀竹再没让任何人知晓过。吃了那只鸡之后，她状态一直不太好，神情恍惚，导致那一年英语考试发挥失常。拿到成绩时，何秀竹才被泼了冷水一样清醒过来：神仙也靠不住，她最后能靠的还是自己。何秀竹打算再复习一年，这一回，她心态平和，埋头苦干不问前程，终于考上了矿大的研究生。读研时回想起来，她有时候会觉得那一次换人确实有用。当然，她并不是说自己变了一个人，而是通过那次事件和它的后果，她确实放下了某些东西，重新认识了自己。有一些后来她性格里最核心的元素就是在那段时间一点点地从她身体里生根发芽的。

只是那只鸡被剁掉头的样子，元君庙里香火缭绕的阴暗氛围，那种燃烧的黄表纸和香烛的味道，父亲变了调儿的声音，一直深深地潜伏在她的无意识之中。此后的很多年，她不进任何庙宇，不关心任何佛事，当然更不吃鸡肉。她以为，这一切只要埋得够深够久，就能被生活本身降解，至少不会再次出现。这一次徒步五台山，出发前，何秀竹心里有过犹豫，但最终还是决定去。她觉得自己已经今非昔比了，想看看给这段记忆打造的笼子是不是足够坚韧。

按照行程，他们并没有在山上停留，而是连夜下山。走到半路，天降大雨，山路湿滑，有几个背包落到了悬崖之下。他们无奈找了一处略可以遮风避雨的山洞，燃起一堆火过夜。有几顶帐篷遗落了，他们几个人只能挤在最大的一个帐篷里，好在帐篷够大，能装下他们瑟瑟的身体。

夜里雨停了，竟有猫头鹰的叫声从不远处传来。或许是这叫声进入了已经睡着的何秀竹的耳朵，把她层层叠叠藏起的记忆唤醒，于是她看见镜子、镜子里的另一个自己和燃烧的火焰，听见了黑眼珠发出的咯咯声。那是何翠竹，一个长着鸡脑袋的人，重复着她说的每一句话和所有的动作，她本来就是她的替身嘛。何翠竹问她：何秀竹，这么多年，你过得怎样了？你还记得我吗？我是你的替身妹妹何翠竹啊。你想干什么？她颤抖着问何翠竹。我什么也不干，何翠竹说，我就是想你了，想看看你过得怎么样。你过得很好啊，可是我在受苦，我在替你受苦，你知道吗？何翠竹说着话，就燃烧起来，她的眼珠越变越小，越变越黑。

何秀竹从噩梦中惊醒，发现自己的手被旁边伸过来的一只手握着，是马勋。他们之间隔着一堆背包。两个人都醒了，透过帐篷的缝隙，他们能看见山洞外雨后的天空湛蓝无比。彻底的雨过天晴，晨雾和光亮达成完美的和谐。看了看手机，是凌晨五点钟，太阳就要升起了，因为是在山上，有一线金色的阳光已经穿云过雾而来。

做噩梦了吧？要不出去走一下？马勋小声说。

何秀竹点点头，她不敢再睡，也不可能睡着了。

他们坐在一块大石头上，晨曦渐渐显露，她第一次知道，阳光并不是突然而来的。其实从很早很早的时候，它们就在来身边的路途上，这一路遥远而漫长，要经过许许多多的星星和虚无，要穿过厚厚的云层，要从海岸和山脉越过，才照到人们的脸上。让人感到高兴的是，尽管走了这么远的路，第一缕光仍然是明亮而欢快的，她的心也渐渐浮出回忆和噩梦的水面。马勋的手再次悄悄伸了过来，握住她的手。她没有动。何秀竹能感觉到，他的手虽然瘦，但有一种淡淡的温暖和坚定。她转头看马勋，马勋则仍在看那颗刚刚露出光芒的边缘的太阳。突然有钟声从远处的庙宇中传来，声音空旷悠远，和光一样并没有疲惫之态。他们就这样恋爱了。

从梦里醒来，何秀竹看见马勋已经起床，厨房里有动静，他应该是在做早餐。自从孩子上小学，马勋就每天起来做早餐，然后再去上班。他有做饭的天赋，很多东西，在馆子吃过，回家琢磨琢磨就能做出来，味道一点儿不差。刚结婚那会儿，她就被他的手艺拴住了，怀孕的时候更是，他还自己做了一本菜谱，打印出来足足有几百页厚。生完多多，何秀竹体重达到一百四十斤。马勋倒是没有嫌弃她胖了，但是她自己接受不了这件事。以前的衣服都穿不了，她天天感慨，马勋就说，咱们再买新的呗。她说，我叫啥名？马勋愣一下说，胖又不影响脑子，自己啥名还能忘了，何秀竹啊。她就说，那你说，有我这么粗的秀竹吗？就算为了配得上这个名字，我也得把这身肉减下去。

她真是一个说到做到的人，因为她现在很信奉网上的那句话：你如果连自己的体重都控制不了，怎么还能幻想着控制自己的人生？多少年来，她早已经习惯了以一种战斗的姿态面对所有事，不管是文斗还是武斗，不管是公开斗还是暗地斗，不管是跟别人斗还是跟自己斗。战斗，取得胜利，或者撤退，等着将来取得胜利，是她多年来唯一遵循的逻辑。那么，这身肥肉就是她的敌人，从孩子百天开始，她就坚持走路上班。从家到单位，大概有五公里，她要走一个小时左右，为了实现这一点，她需要比坐公交早起半个小时。对她来说，压缩时间，也就是压缩肉体。

看看手机，已经六点半了，何秀竹得起来战斗了。

前天下午，马勋带着多多在小区附近的球场打球，上篮时碰倒了一个老头儿，结果被老头儿讹上了。老头儿躺在医院里不出来，张口就要二十万元。马勋一直自责，觉得确实是自己的责任，但何秀竹去医院看他时发现了破绽。那是个小医院，医生跟老头儿一家人都很熟，他们说话时，何秀竹听到了一句“这次待几天”，老头儿说“看情况”。她早就听说，现在碰瓷的人可不只是在路上，有很多老人在公园或球场碰瓷。何秀竹今天得去几个地方，老头儿的小区、篮球场、医院，好好调查一下。马勋对这件事懊恼不已，但对何秀竹来说，这不是什么大事，只要让她找到证据——她相信她一定能找到证据，事情很好办，她甚至还能反过来起诉他们诈骗。一想到这里，何秀竹心里生出一些兴奋感，她喜欢这种状态。

四

二十世纪九十年代中期，是北方矿业专科学校几十年辉煌历程的最后光芒。这所身处东北小城的专科学校，在七八十年代曾经很红火，据说当时国家的好几个大矿，都是这里的毕业生发现的，其中的一位老教授还成了院士。那些年，它录取了很多优秀的中专生，但进入九十年代，随着综合性大学的发展，随着高校的市场化，随着整个国家产业的大升级，它也跟很多中等专科学校一样，走过了自己最好的时期。

这些情况，是她到了学校之后，才慢慢了解到的。

从老家的镇子到北方矿业专科学校所在的小城，有一辆长途汽车。每天下午五点发车，第二天清晨五点左右到，路上会休息一个小时。她独自一人，拎着自己的行李，揣着五百元，踏上了上学路。可能是因为远行的紧张，也可能是她从未坐过封闭的长途客车，车刚一启动，她就开始晕车，头晕目眩、恶心，但是什么也吐不出来，只能干呕。她靠拼命喝水来压制自己的不适，脸色很快就变得蜡黄。过了几个小时，等感觉终于舒服点时，又开始尿急，但汽车行驶在高速路上，还不到服务区，显然不可能停车，只好忍着。她第一次发现憋尿竟然是这么痛苦的事。

车窗外黑漆漆一片，只有对面偶尔来车时车灯的光一闪而过。她不知道自己离家多远了，在陌生的黑夜中，她心里有种如释重负的失落感，未来虽然不如期许，但未来毕竟来了，又轻松又伤感，又激动又彷徨。

九月份的东北，清晨已经有了很深的凉意。汽车停在一个半旧半新的车站，地上铺的砖大部分已经被车轮轧碎，坑坑洼洼。一些老房子墙上贴的瓷砖已经破败，刚刚盖起来的两层小楼瓷砖还没贴上去，通体水泥灰。走下车的一刻，她被凉风吹得打了个哆嗦，那种凉好像融化成空气的冰棍儿，带着一丝丝微甜的气息，一直从口腔顺着呼吸到了肺泡里。她跺了跺发麻的双脚，搓了搓手，抬头见东方露出金色的光晕，但太阳还没有升起，朝霞仍被薄薄厚厚的云彩挡着，天空如此冷艳、清冽。

这是平原，和她之前所在的山区不同，使劲看，能看到很远很远处模糊的村庄。黑色的土地上升起的淡淡的雾气的氤氲中，小城里早起的清洁工、卖早点的人，已经开始了一天的劳作。乘客都走光了，长途车也停车进站，只有她还站在马路边上。清洁工的扫帚哗啦哗啦地从她脚边扫过，丝毫不管飞扬的尘土落在她放在地上的背包上。

太阳嘣地一下，从黑色的大地跃上空中，阳光把一切照拂到了。也照在了她身上，只是同时给了她一个长而模糊的影子。这一刻，她有点儿想家。

报到后，她才发现这里并没有比老家的镇子繁华多少，虽然不繁华的镇子她也没去过几次，但她知道那里有十几栋四五层高的楼房，还有就是街边每隔十几米就有一个小商店、小吃店。镇上的女孩子骑的都是女士自行车，不像她们村里，不管什么人，骑的都是那种高大的二八式自行车，因为结实牢靠，方便载人和各种东西。

她不太清楚从车站到学校该怎么坐公交车，而且这个点公交车还没发车，于是拎着行李去一个刚刚打开门脸，还没把眼角的眼屎擦干净的包子铺老板那里问。

老板把眼屎揩下来，看了看，仿佛那里面藏着他什么时候遗忘的一枚硬币，又用中指弹到门玻璃上，然后顺着中指的方向说：沿着这条路往西走，看见一个红绿灯，左拐，再走十分钟就到了。

她谢过包子铺老板，步行去学校。路上，她遇见一个同样背着行李的男孩儿，他走在路左边，她走在路右边。他看见她，仿佛特别吃惊。一开始，她以为并不同路，但是红绿灯左拐之后，他们仍然走在同一条路上。他不断地看她，她被看得有些害怕。等两人都站在了北方矿业专科学校的牌子下，还是何秀竹先开口：你，也是来学校报到的？男孩儿点点头，她才略微放心了。男孩儿说，你什么专业？她说，通知书上写的是焊接技术与自动化。我是测绘专业，二年级了，男孩儿说，能……告诉我名字吗？

哦，我叫何秀竹。听他说是师兄，她放下了戒备。

我叫肖扬。

太早了，报到工作还没开始，肖扬把她领进一间教室，让她先休息会儿。教室里已经坐了十几个人，有男有女，都在抱着碗喝豆浆。学校食堂提供了一大桶热豆浆，还有酸菜馅包子。她打了一碗豆浆，拿了两个包子，坐在一张空课桌旁吃起来。肖扬走出教室时，又认真地看了看她。

宿舍是八人间，四张铁架子床，靠窗有一张桌子，桌上的黄漆大部分早已剥落，露出牛皮癣一样的木质纹理。还不是木质，是那些菜汤、茶水、汗液等人类生活留下的所有痕迹。屋子里有一股霉味，因为在她们入住之前，为了防止夏季雨水倒灌，已经两个月没开窗子了。甫一进门，她还以为进了老家冬天储藏土豆和白菜的地窖，那种微微的发霉气息袭击着她的鼻翼，让她接连打了十几个喷嚏。她是第一个到的，坐在满是灰尘的木板床上发了好一会儿愣，一抬头看见了靠窗的上铺栏杆上，贴着自己的名字——何秀竹。

但是到了晚上，所有人到齐，花花绿绿的被子、褥子铺好，红红绿绿的暖壶、脸盆摆满屋地，叽叽喳喳口音各异的话飘在空中，这间宿舍和这所学校就一瞬间活了过来。这些刚刚认识的朋友，分享着各自从老家带来的土特产，略带羞涩但是热烈地相约一起去食堂吃饭，很快就熟络起来。到了食堂，她一下发现自己尴尬了，别人都拿了饭盒，就她没有。原来当时和录取通知书一起的，还有一张入学须知，上面介绍了入学的各种注意事项，她看得匆忙，没注意学校食堂不提供餐具，需要自备。好在她还算机灵，看见食堂免费汤那里摆满了空碗，这是给喝汤的同学准备的，她走过去，拿了两只，到窗口买了一个馒头、一碗白菜炖豆腐。这里还是用饭票菜票，五百元交了一部分学杂费，买了脸盆、暖瓶，所剩不多了，餐饮补助要等一个月之后才发，她就买了一百元菜票、五十元米票，要靠它们撑一个月。

学校的生活新鲜而刻板，她按时上课、下课、做作业，按时起床、睡觉、进操作间，很快就适应了。一切成了按部就班，唯一的意外是，半年后，她的身体开始疯狂地发育。读初中时，因为伙食差，也因为学习累，她一直瘦瘦小小，面色土灰。到了中专后，每个月都有伙食补助，不但能吃饱，甚至还可以隔三岔五改善一下，营养上来了。再加上她热衷参加各种体育活动，排球队、篮球队、田径队，她都报名，她骨子里喜欢那种竞争的感觉，但从小而来的自卑感又让她不太善于出头露面，不敢去竞选学生会或者社团干部，所以这些体育项目成了竞争的最好方式。特别是排球，她灵活敏捷，打自由人位置，一度成了校队的替补队员。到二年级开学的时候，她的身高已经蹿到了一米六，体重达到一百斤。更关键的是，她的乳房不再是瘪瘪的了，打足了气的排球一样鼓胀起来。还有她的臀部，穿瘦一点的裤子，就会非常翘。为了不让自己的乳房在略显瘦小的衣服包裹下过于坚挺，她不得不买小号的乳罩，好把它们收住。这常常造成她胸闷憋气，而她又经常运动，打完一场球或跑完三千米之后，她就要跑进厕所的隔间里，抻着胳膊解开身后的内衣扣子，那对乳房会火山喷发一样喷涌出来。她大口大口地喘一会儿气，享受着身体放松的快感，等快上课或快回宿舍时，再重新把扣子扣上。时间久了，她的心脏承受了不该有的压力，以致在二年级下学期发生了一次骤停，被同学抬到校医院做心电图。心律不齐，医生严肃地告诉她，如果再不注意，她的心脏会出大问题。她吓得够呛，在那之后，她忽然想开了，不愿意再束缚自己的身体，敞开了它们去生长，去放松。真是奇怪，小心翼翼裹着的时候，她的乳房、她的臀部，都在拼命地扩张，可放开了，它们反而消停了，变得越来越紧致。

她开始明白，身体有它自己的心思，你无法左右。该它长的时候，什么力量也阻止不了，该它美的时候，什么衣服也遮挡不住。既然阻止不了遮挡不住，那不如就尽情地去展示。这一年，她已满十七岁，在伙伴们的熏陶下，开始渐渐懂得了美，也明白了自己作为一个少女，跟男性之间、跟女性的其他年龄段之间的巨大差异。当然，就在发现自己身体的一瞬间，她也发现了自己和同宿舍同学的很多不同，她们的胸罩和内裤是带蕾丝花边的，而她的是棉线的；她们身上的裙子展示着光洁的肩膀和锁骨，甚至能看到乳房的轮廓，裙摆至少都是膝盖往上，而她仅有的两条裙子都是有袖的，长到脚踝，颜色单调；她们的头发烫了各种卷，有的还染了颜色，而她永远用一根橡皮筋扎着马尾辫。更重要的是，她发现她们都谈了男朋友。

她下铺的胡杏儿，已经分了三个男朋友了。现在，她又看上了班里的同学孙君。据说，孙君的爸爸是当地一个矿务局的副局长，孙君毕业就直接进矿务局，两年副科，三年正科，将来甚至可能是处级。胡杏儿常常在宿舍里摆弄一件大衣，说是貂皮的，上一个男朋友送给她的，分手时想要回去，她没有给。她跟那个数控技术专业的师兄说，你前前后后亲了我五百四十七次，一次一元也要五百多，我留一件衣服是应该的。还是十月天，虽然身处北方，天气只是凉，还没那么冷，但胡杏儿也会穿着去上课。教室里人多，通风也差，胡杏儿很快就一身大汗，然后散发出一种动物皮毛的臭味。胡杏儿骄傲地说，貂皮太保暖了，都是这种味。旁边的人也就信了，毕竟大家都没见过真正的貂皮。

熄灯后，她躺在床上，脑海里闪现过班级里的男孩子，甚至隔壁班的男生或师兄师弟们的身影。他们都不令她动心。真奇怪，其中有几个长得很好，高而白净，很像那个年代电视剧里的英俊少年，但完全激不起她的爱意。若干年后，当何秀竹只能通过爱意来勉强说服自己接受丈夫的性需求的时候，她会想起这些年月，才会在生命的对比中明白，这些男生激不起的不是爱意，而是性的冲动。他们的身体，哪怕他们赤裸着站在她面前，她也只能感觉某种羞耻和尴尬，不是欲望。只有那些强壮勇武，并且眼神中带着坚毅神情的人，才会让她心动。比如，那个教田野调查课的老师。他已经四十岁了，听说当年曾是地质大学的高才生，研究生毕业后留校，但因为一件见不得人的事件被告发，不得已到了这所专科学校任教。老天仿佛是故意的，他也姓何，学生们都叫他何教授。

她和同学们许多次看见何教授游荡在学校的体育场，他的身体可以在单杠、双杠上翻滚，即使隔着衣服，你也能感觉到那些肌肉绷紧的形状。特别是夏天，男生们大都穿着白色或蓝色的条背心，下身是运动短裤，露出的肌肉让被遮掩的部分变得充满神秘和想象。这种想象让她的脑海里迸发如电焊操作时的绚烂火花，仿佛真有一只电焊枪在电击她的心，让每一次绚丽都留下一个伤疤。女同学们窃窃私语，说何教授当年一定是因为不正经被下放的。为什么呢，因为大家看到他的身体，就想跟他不正经啊。可是这个何教授，永远面色严峻，从来不对任何人笑。他上课的时候，写一手板板正正的板书，每行字都直得能当尺子，每个字的大小完全一样。他给他们画田野调查的地形图，从来不用辅助工具，总是随手就成，要山有山，要水有水。她被他的身体和冷酷吸引，觉得他心里蕴藏着巨大的不为人知的故事，这个故事的真相可能会震惊世人。只是，她从未单独跟他说过一句话。有时候，他们会在运动场上碰见。他旁若无人地在器械上锻炼，而她的排球打得大多心猿意马，偷偷瞄着他的身影，接连被对手扣过来的球砸中。有人会大喊：何秀竹，你魂儿哪儿去啦？她想，也许他知道自己的偷看，但是不揭穿，也毫不在意。

她真正的朋友是肖扬，那个报到时碰到的师

兄。他是学生会的副主席，但在这所小学校，学生会也没什么权力，副主席也不是什么响亮的名头。肖扬只不过是组织各级的学生办一些活动，组织各种技能大赛，或者邀请一些校外老师来开讲座。他们第二次遇见是在食堂里。那个月，因为“大姨妈”来得凶猛，她买的卫生巾不够了，有一天就用卫生纸解决，但是卫生纸不卫生，身体发炎了。她又跑到医院去看病，买消炎药，把零花钱一下子花完了。补助还没发下来，她好几天都是打了少而素的饭菜，不好意思跟舍友们一起吃。她们熟络之后不久，就经常一起吃饭，把所有的菜摆在桌上，每个人都能尝到不一样的菜品。

她坐在角落里，他直接坐到了她的对面，还把一个鸡腿夹给她。她感到羞愧，甚至有点儿觉得受到了侮辱，赶紧给他夹回去。两人的推让之中，那个鸡腿掉在了地上，被一个路过的同学踩了一脚。鸡腿惨不忍睹，那个同学也摔了个跟头。肖扬似乎知道她生活的窘迫，学校里有勤工助学的机会，主要在食堂帮厨或清扫校园，他总是给她留一个名额。她不想接受这无端的好意，可又需要那点儿钱来补贴自己慢慢增长的日常开销，所以每一次都在纠结之后去了。只要有空，他会帮她一起干，削土豆、择菜，清理落叶和大风刮来的杂物。

不久之后，同学们都发现肖扬对她的关心已经超出了一个师兄对师妹的关心，当然就顺理成章地猜测他喜欢她。她也这么觉得。只是肖扬始终没有表白，也就让她没有拒绝的机会，她总不能主动去问吧。她感念肖扬的所有帮助，给予她别人没有的亲切感，可这不是男女之间的喜欢。

有一次，拿到补贴，她提出请肖扬吃饭。肖扬答应了。两个人约在校外的小饭馆里，她点了鸡肉和蔬菜，还有一小瓶二锅头。肖扬进来，看见了酒，说，你会喝酒？她摇摇头说，不会，我给你点的。她知道肖扬喝酒，甚至有点儿爱喝酒，有好几次，她看见他摇晃着从校外回来，神情伤心落寞。他失恋了吗？但是也没有看见他有女朋友啊，更何况他生活里接触最多的女生就是她，所有人传言他在追求她。难道是因为她？

肖扬倒了一杯酒，说，女孩子不喝酒好。他自己喝起来，一口菜都没有吃。她给他夹鸡腿，他又给她夹回来，她再夹给他，说，吃吧，要不又掉了。他们想起了那个被踩得惨不忍睹的鸡腿，笑了起来。他把那瓶酒喝完，已经醉了。这时候，她觉得自己可以问出那句话了。但是，没有等她问，肖扬自己讲起了这件事。

肖扬说，小竹，你……你知道吗？你长得特别像我妹妹。

何秀竹心想，这是什么话？要用这么老套的话来追求我或者做什么吗？

肖扬说，真的。他拿出钱包，打开，里面有一张旧照片，照片上的女孩子真的有点儿像何秀竹。

她吃了一惊，说，你妹妹？

肖扬点点头，双胞胎妹妹。

那这个孩子呢？你们的弟弟？

照片上的女孩子，怀里抱着一个一岁多的婴儿。

不,他痛苦地摇摇头,说,是我的外甥,我妹妹的孩子。

她惊讶得张大了嘴巴。

肖扬告诉她,几年前,他在镇子上读初中,一次夜里,妹妹去给他送吃的,回去的路上被同村的一个年轻人强奸了,怀了孕。那个坏小子是他的小学同学。那天晚上,那个小学同学跟一群小混混在镇子上的录像厅看了黄色录像,回去的路上碰见了肖扬的妹妹。这个家伙精虫上脑,又喝了酒,就干了坏事。肖扬主张去公安局报案,把那个家伙抓起来,但是父母不同意,怕丢人,怕被村里人笑话。后来,眼看着妹妹的肚子大起来，有人给他们出了个主意，让他去那个同学家里说,只要结婚,就不去告发他。那个干了坏事的年轻人一直躲在外地,他的父母接受了这个提议,把他找回来,办了个简单的婚礼。他们还不到法定的结婚年龄,领不了结婚证,但在农村，只要办婚礼了，也就算结婚了，证可以后补。结婚前一天晚上，他去找那个小学同学，狠狠地打了他一拳。婚礼后几个月，妹妹就生了一个男孩儿，因为没有结婚证，上不了户口。

他一直觉得是自己害了妹妹，可又没有赎罪的办法，甚至不敢回去见她。所以那天开学，他看到跟妹妹长得有点儿像的何秀竹，就忍不住想要帮她，保护她，仿佛这样自己就能好受一点儿。

她听得落泪，不知道该怎么安慰肖扬。她又跟老板要了一瓶酒，给他和自己各倒了一杯。她一饮而尽，说，事情已经这样了，你好好念书，好好毕业，将来再找机会报答你妹妹吧。

他们两个互相搀扶着回到学校里，在楼下分别时，肖扬把她头上的一个粉色头花摘了下来。

你干吗？她问。

给我吧，肖扬说，我妹有个一模一样的。

她没说话。

在这之后，她对他有了一种怜惜之情，他们互相帮衬,像一对真正的兄妹那样。这份情,是她几年的中专生活里最珍贵的情感。肖扬早一年毕业了,在他的努力下,回到老家的一个地质局上班,那样他可以照顾家里人,特别是妹妹。那个妹夫,本性难移,根本不上班,整天和一群狐朋狗友在镇子上游荡,喝酒打架,常常进派出所。他走得特别匆忙,他们甚至没有正式告别,只有一封简短的信。他就这样从她生活里消失了,再没有任何消息。她常常会想起肖扬,想起他喝酒和痛哭的样子。

他的信很短,最后一句话写的是:秀竹,谢谢你,让我多了一个妹妹。

五

何秀竹在拥挤的地铁里奋力护着自己已经隆起的肚子。这时候，她怀孕三个月了，看起来还没有那么像孕妇，而更像一个发胖的女人。何秀竹腹部的妊娠纹像一条细长的蜈蚣，从肚脐隐隐约约一直延伸到了下体。它第一次出现的时候，何秀竹有些慌乱，趁着产检时咨询大夫，得知大部分女性都会有妊娠纹，有的在生完孩子之后很久才能消去，极少数会一辈子带着。回到家，何秀竹一直暗暗担心自己是那个极少数，她在网上搜索相关图片，看得心惊肉跳。有的女性生完小孩，妊娠纹像八十岁老人的皱纹，层层叠叠，如果再加上一条剖宫产的切口伤痕，简直惨不忍睹。

对长相平凡的何秀竹来说，她一直引以为傲的就是自己身材的匀称丰满，这与她长年坚持不懈的锻炼有关。自结婚后,因为马勋的手艺好,总在家吃饭,她体重长了不少,但体脂率控制得一直不错,特别是她的小腹和腰,虽然还没有马甲线,但平滑、紧致、光洁。马勋每一次跟她求爱,都是一只手从她的小腹抚摸,然后向下延伸,再滑回小腹,又向上伸展,如此反复几次,最后停留在腹部的肌肤。因为手掌的摩擦,她腹部的肌肉微微绷紧,那里就像是沙漠里无风时寂静的沙丘, 形成一种天然而美的弧度。完事之后,他们并排躺着,马勋的手还是会停留在那儿,经过沙暴的沙丘形成全新的弧度,而轻微的汗又像清晨的露珠让它略带湿润。更何况,激情的余绪会从她身体的最底层一波一波向上泛起,沙丘以肉眼不太容易察觉的幅度起伏着,那是两个人情爱生活中最美好的时刻。

何秀竹极度担心自己的妊娠纹会像一场天翻地覆的狂风,把她的沙丘吹得面目全非,为此,她考虑去做孕期瑜伽,但按照她的习惯,做之前查各种资料,发现利弊难断,后来也不了了之。自从怀孕,她再也没和马勋有过性生活。

何秀竹要去金融街的中国银行办理贷款业务，中介约的是九点。他们要跟房主在那儿谈好贷款的事。这事儿，马勋跟她意见不同。何秀竹坚持就是砸锅卖铁，也一定要买一个学区房，哪怕不是最好的学校，也得是海淀区的重点。为此，他们不得不把回龙观的那套房子卖掉，用卖房的钱先把第一套贷款还了，剩下的付首付，再贷款买新房子。自从怀孕开始，何秀竹就在折腾这件事，她几乎把海淀区所有数得着的小学附近的小区考察遍了。有段时间，她骑一辆电动自行车，每天中午一下班就去看房，饿了就随便在路边吃个灌饼或者汉堡。一个月后，何秀竹给马勋看了一张详细的Excel表，那上面条分缕析地列着主要学校对应的主要小区、小区配置、小学对应的初中和高中、平均房价。每套房子，何秀竹综合性地打了星，最高五星。马勋看了说，你真行，你应该去当房产中介。何秀竹说，买哪个？马勋说，那肯定五星的啊，这还用说。何秀竹冷笑一声说，我也想买五星的，但你得看钱啊，就咱们那点儿钱，拼死了够得上一个四星的，还得是个小两居。马勋说，那怎么办？

何秀竹摸了摸自己那时还没有鼓起来的肚皮说，马勋，你不知道我小时候念个书有多难，我绝不能让咱们孩子这么难，我必须想办法，至少也得上一个四星学校。

在中国银行总部大楼，跟着中介，何秀竹和房东按流程把贷款协议签好，一切还算顺利。接下来，就等网签结束，付了首付，银行放贷，他们再去房管局过户。可是就在这个节骨眼儿上，房东联系不上了，发短信不回，打电话不接，连中介也找不到他。何秀竹心里犯嘀咕，在家里跟马勋翻看各种合同，一条一条跟网上的模板对照，没发现什么大的漏洞。马勋扯出一张房东的身份证复印件来，说：我们查查这个人，不会是个骗子吧。

两人打开电脑，输入房东名字，很容易就查到了，还不是个普通老百姓，是一个非常有名的国企的总裁助理。何秀竹说，这人不可能是骗子。马勋说，就算是骗子，也不会只骗几万元定金吧，何况这还有中介呢。两人一头雾水，继续给房东打电话，还是不通。这时候，何秀竹脑子里突然蹦出一条新闻，似乎跟这件事有关系，但她记不清到底是哪天看到的新闻了。

何秀竹说，你别说话。

马勋一愣，我没说话啊。

何秀竹打了个不耐烦的手势，回忆自己这几天看到的东西，那条新闻就在脑海里漂浮着，可她就是看不清也抓不着。何秀竹急得不行，拿出手机来，查自己的上网记录，翻了半个月的记录，没有。她想起，这条新闻是在单位看的，就跟马勋说，马上走，去我单位。

马勋说，这大半夜的，去干吗？

何秀竹说，重要，别问了。走。

两人穿衣服出门，打了车去何秀竹办公室。她现在是《地质研究》杂志的编外编辑。何秀竹开了电脑，继续查自己的上网记录，鼠标在七天前的一条新闻那里停住了。新闻写的是，那个特别有名的国企一把手被“双规”了。何秀竹眼前忽然一暗，身子一晃，歪在马勋身上。

马勋吓一跳，说，你怎么了，不舒服？

何秀竹缓了口气说，老公，要麻烦。

到底咋了？

你看新闻。

马勋看了看，说，这跟咱们有啥关系？

何秀竹说，你想想啊，这家公司一把手被“双规”了，房东是他的助理，他也可能被“双规”啊。他要是被“双规”了，他的财产就会被冻结，房子怎么可能过户啊？还有，咱们刚跟他签完了贷款合同，他进监狱了，我们又没法撤销合同，被扔在半路上了，而咱们回龙观的房子却必须马上过户给买房子的人。按照这房价增长的速度，几年后他财产解冻，咱还买得起房吗？

马勋听了，也是一晕。但他不敢再刺激何秀竹，赶紧说，没事老婆，哪儿就那么寸呢？你歇会儿，喝口水，我再查查。马勋坐在电脑前，搜索和这家公司还有房东有关的一切新闻，越查越觉得何秀竹的预感可能是真的。

结婚这么多年，马勋从没见过何秀竹如此低落。她一直像一个战士，永远充满斗志，永远在执行自己的战略战术，从来没有过度慌乱。但这一次，何秀竹发现自己面对的敌人可能是看不见的意外，是她无论如何也没法对抗的事情，没法再淡定了。

马勋关了电脑，扶起她说，咱们先回去吧，我觉得没事，没那么巧。

两人回到家里，躺在床上，一开始都睡不着，但谁也不知该说什么。这件事，一说起来就像被投掷到真空里，漂浮、失重，没着没落。两人也都不太敢动，过了一会儿，还是马勋先睡着了，甚至打起了呼噜。何秀竹听着他的呼噜声，心里压抑烦躁，她想把他叫醒，这么大的事，还有心思睡觉？可是叫醒之后又能怎么样呢？什么都改变不了，搞不好还要吵一架，再说，这件事从头到尾都是何秀竹在张罗，每个决定都是何秀竹做的，也怪不到马勋头上。

何秀竹反身下地，到卫生间坐在马桶上，她感到下体有液体在流动，可是没有小便，是血。何秀竹狠狠地咬住了嘴唇，心里不断告诉自己，不要着急，不要焦虑，不要再无谓地加重负担，冷静，深呼吸。她清理了一下，尝试着站起来，疼痛似乎并不严重，血也没有继续流淌。还好，她想，叫救护车的话动静太大了，还是出去打车吧。可是，她还要走回卧室去喊醒马勋，跟他解释这个情况，看他震惊和慌乱。何秀竹一边考虑着，一边走向客厅，所有医疗本、社保卡、产检的资料都放在一个整理袋里，她准确地找到那个抽屉，拿出整理袋，然后开始穿衣服。

那时候，网约车还不流行，她缓慢地下楼，走到小区门口，等出租车。很幸运，几分钟后就有一辆出租车过来。司机停车后，车窗摇下一条缝，问，去哪儿？何秀竹知道，这种行为表明路途短的话他有可能拒载，就赶紧说，我去妇幼保健院，师傅，我给你加十元。司机把车窗全摇下来，看了看她，说，上来吧。何秀竹上了车。

路上，司机好事地问，这么晚去医院，你老公怎么不陪你？何秀竹这时候出奇地冷静，回他说，哦，我刚给他发短信，说上车了，他在医院门口等我。司机不再说话。何秀竹又想，马勋半夜醒来发现自己不在，肯定会急坏的。她得给他发条信息，可是发什么呢？说自己去医院了？他同样会着急。后来只发了一条：老公，我出来透透气，一会儿就回，不用来找我。

转机来自中介小曹。何秀竹躺在医院的妇产科的床上，一个值班医生给她做检查，手机叮咚一声，她拿出来看了一下，是小曹发来的微信，说：姐，房东回来了，他这段时间出国了，手机才打不通。约下周二去银行和房管局办手续。何秀竹忍不住惊呼了一声，把医生吓了一跳：怎么了？何秀竹挥舞着手机说，没事大夫，我有点儿兴奋。

大夫说，有点儿出血，问题不大，不过最近必须注意不要运动，保持情绪稳定，再稳定一段时间，别太兴奋啊，就算中了几千万彩票，你也得冷静。

何秀竹拼命点头。

何秀竹回家的时候，发现马勋还没醒。她躺在马勋的身边，他的手伸过来，碰了碰她的胳膊，又缩了回去。何秀竹拿过马勋的手机，把自己发的那条微信又删掉了。事情解决，一切回到正轨，又折腾了大半夜，但是她这会儿一点儿都不困。窗帘上，有她最喜欢的变形金刚图案，卡通版的。买窗帘的时候，马勋选了一款有竹子图案的，说跟你的名字搭。何秀竹说，我是大熊猫，竹子我喜欢吃，不喜欢看。她喜欢变形金刚，不光是因为小时候看动画片的记忆，更因为她觉得那些汽车人才是自己的偶像，他们身体坚硬而灵活，内心坚硬而柔软，就像读中专时自己焊的那个变形金刚。这个重达十多斤的作品，多年来一直跟着她兜兜转转，从没有离开过。此刻,它就在小客厅的窗台上,每次她回家都能看见它。她按照威震天焊的它。“汽车人,变身。”她常常暗暗跟自己说这句台词。

何秀竹又起来,走到客厅,用纸巾擦拭变形金刚。多年来,经过她不断地擦拭和打磨,它已经变得光滑,甚至发着微光。何秀竹曾想过喷漆,但后来作罢,她更喜欢它本来的样子,那些点焊接口处的疤瘌,那种钢铁本身具有的沉重冰凉的手感,是他们共享的心灵秘密。威震天提醒着她过去经历的一切,那些少年岁月里的艰难和甜蜜,那些奋斗日子里的辛苦和收获。在每一个生活最困顿的时刻,何秀竹都会在内心听见它说:去战斗吧,去战斗吧,不管你遇见的是什么。

没有人知道,它才是她生活中的定海神针。

六

在北方矿业专科学校的三年里,她们二十个女孩子跟另外三十个男孩子一起,每周有两天去操作间里电焊、打磨各种钢铁。当然也有设计课,但设计的主要是最简易的螺丝、扳手,学着画图,到钢厂浇筑模型,然后还是拿回操作间打磨。第一个星期,她的手磨了十几个水泡,只能让同样情况的同学用缝衣针挑破了,涂点碘伏消毒。等到一个学期结束,十六岁的她手上已经一层厚厚的老茧。放寒假回家,她帮母亲揉面,母亲见了她的手大吃一惊,说:你不是去念书的吗?这手上的茧子咋比我的还厚?她苦笑一下说:我这手没毁掉就不错了。

学习尽管枯燥平淡,可毕竟年轻,常常会有些莫名而来的快乐。她和同学们,经常自己焊一些小玩意儿,奇形怪状的扳手、钢筋做的栅栏、不锈钢管杯子等等。他们小时候都看过动画片《变形金刚》。家里没有电视,她只能偶尔在邻居家的电视上看几集。她最喜欢里面的威震天。上中专后,她收集了很多变形金刚的贴画,贴满自己的背包、文具盒、工具箱。她尝试着用厂子里废弃的边角料自己焊了一个变形金刚,焊完了再用砂纸细细打磨,把所有的铁锈磨掉。何秀竹还从小店里买来各种颜料,把自己的威震天涂抹得花花绿绿,看起来很像那么回事,但后来又用小刀把那些漆全部刮掉了。她把威震天摆在自己的床头,每当看见它,就感到浑身充满了力量。她会想起电视里的机械的声音:地球人……我们来自赛博坦星球……这件作品,她认为自己会留一辈子,将来传给儿子,传给孙子。

读到三年级,这群年轻人年纪最小的也满十八岁了,一夜之间变成了成年人。在这之前,他们谈恋爱还是偷偷摸摸的,学校里的老师、辅导员都知道,但睁一只眼闭一只眼,只要不在公开场合过于亲密，都不太管。一到三年级，学校里的情侣开始公开成双入对，课堂里挨着坐，食堂里一起吃饭。甚至有时候，他们还会互相去彼此的宿舍串门，当然留宿是不可能的。宿舍里，恋爱谈得最疯狂的还是胡杏儿，她长得漂亮，天生有一种妖媚，特别是她的眼睛，总带着一种楚楚可怜的神态，很能激起男生的保护欲。她看你的时候，你会觉得很可爱，但剥开可爱的糖衣，里面包裹的其实是诱惑。她也知道自己漂亮，更清楚这种漂亮能为自己带来什么。开学不久，她就和一个学生会的师兄好上了，那个师兄常常站在宿舍楼外的一个钻探机雕像下等她。她从窗口看见了师兄，但并不马上下来，哪怕她那会儿已经换好了衣服，准备好了一切。她总是让他等几分钟，不长也不短，既不会消耗掉男生的耐心，又要让他觉得这等待是极其值得的。她走出宿舍楼门口，也不急着冲过去，而是看着他微笑。他会主动走过来，明明是她迟到了，明明等一下他们出去还要绕过那个雕像。

然后呢，过了几个月，在雕像旁等她的人就换了。何秀竹她们就问，杏儿，你俩咋分了？胡杏儿说，不合适呗。咋不合适？胡杏儿就说，我觉得他太大男子主义了。大家就惊呼，他还大男子主义？在你面前跟条听话的小狗一样。

这个年代的这个地方，这个年纪的大部分中专生们，还不太知道性爱是怎么回事。她们只是模糊地觉得，只要跟男人睡觉，就是性爱，就是最刺激也最禁忌、最羞赧也最甜蜜的事。即便这些想法，她们也大都从电视和言情小说里听来、看来的。男同学们有时翻墙出去，到小城的录像厅看录像。有人说，他们看的都是黄色录像。至于怎么个黄和怎么个色，却又不甚清楚。

后来有一天，胡杏儿晚饭时偷偷跟何秀竹说：秀竹姐，我求你件事。

胡杏儿说自己晚上要出去，可能会回来很晚，那时候学校的大门已经关了，她只能翻墙。而墙头很高，特别是学校院子里这边，必须得有人接应她一下。前一段时间,学校知道很多同学夜不归宿,出了硬性规定,超过晚上八点的,一律不给开门。何秀竹好奇到底是什么样的事情吸引着胡杏儿往外跑。她想拒绝她,可是胡杏儿好看的杏仁眼里充满了祈求,她摇动着何秀竹的胳膊,小奶猫一样哼哼唧唧。何秀竹说,谁知道你几点回来啊,我也不能一直在院子里等着。胡杏儿说,十二点半,我一准回来。何秀竹心里忽然想起个事来,说:你是不是跑出去看录像呀,看……那种录像?胡杏儿愣了一下,咬了咬嘴唇说,也是也不是。我早就不看录像了,我找了个外校的男朋友,他只能晚上出来见面。何秀竹看着胡杏儿,说,你胆子可真大。

何秀竹真正答应胡杏儿的缘由她自己不愿意承认,那就是她对胡杏儿爱情生活的好奇,或者是她对男女之间的感情和性的好奇,她想知道一个女人到底该如何跟一个男人发生"关系":既是情感关系,又是那种关系。在她的身边,如果说有谁能给她一些启示,也只有胡杏儿。

那天晚上,天气凉爽宜人,何秀竹十一点就从宿舍偷偷跑出来,在她跟胡杏儿商量好的接应点附近等着。一直等到半夜一点钟,才听到轻轻敲墙的声音,还有胡杏儿浅浅的叫声:秀竹姐,秀竹姐,你在吗?

何秀竹故意沉默了好一阵,等到胡杏儿的声音变得着急,甚至带点哭腔了,她才答应了一声。

过一会儿,外面一阵响动,胡杏儿披头散发地爬上了墙头,何秀竹伸手扶住她的腿,她慢慢出溜下来。刚一落地,胡杏儿就搂住了何秀竹,呜呜哭起来。

你哭什么啊?何秀竹说。

胡杏儿说,姐,我……我今天接吻了。

何秀竹惊愣了一下,说,接吻?

嗯,就是……亲嘴,我跟小刚哥。

两人并不直接回去,而是悄悄坐在了小花园的长椅上。

何秀竹忍了半天还是问出来,杏儿,接吻,什么感觉？

胡杏儿说，我说不好，你吃过棉花糖吗？何秀竹摇摇头。胡杏儿说，糖你总吃过吧，棉花糖就是棉花一样的糖，特别软。接吻，就好像是把天底下最好吃的棉花糖塞满嘴，甜软香，等着它一点儿一点儿地融化，然后顺着嗓子，落到你心里。

何秀竹哼了一声说，那干吗不买糖吃去？

胡杏儿也哼了一声：不一样。可是很快，她的陶醉陡然间变成了委屈，又啜泣起来。

你到底咋回事嘛，哭哭笑笑的。

胡杏儿说，接吻特别特别好，可……可……我没想到刚哥还想……

啥？

他还想干别的。

何秀竹终于明白了胡杏儿的意思，说：你是说睡觉？你不是已经跟好几个男的睡过了，你还怕啥？

胡杏儿听了，眼睛立刻睁大了，高声喊着：谁说的，谁造谣的，谁这么不要脸！

何秀竹没想到她反应这么大,立刻说:我也是听她们瞎说的。

但是这一晚之后不久,学校里开始公开流传胡杏儿跟很多人睡过觉的传言,说她跟好几个男的一起睡。胡杏儿气愤地找何秀竹理论,问是不是她传的谣言。何秀竹当然否认,但胡杏儿认定就是她,从此跟她日渐疏远,甚至在教室或走廊碰到,也一定要哼一声,翻个白眼。何秀竹本想再找她好好解释,但胡杏儿始终不给她机会。而且,尽管传言甚嚣尘上,但胡杏儿仍然是最受男生们欢迎的女孩儿,并不影响她的恋爱。

再后来,何秀竹发现,宿舍里的八个人除了自己,都有男朋友了。有几个还是一夜之间冒出来的。只有她没有,但也不能说没有喜欢的对象,比如何教授。她对身边的那些同学始终没多大感觉,只有何教授让她萌动了少女之心,当然,她不会对此付出任何行动的,这至多算是暗恋。同宿舍有一个文学青年，常常从图书馆借琼瑶、亦舒等港台言情小说来看，有时候还会声情并茂地给她们念上几段。她知道很多学生喜欢看老师的爱情故事，比如那本《窗外》。可是，她也觉得自己跟何教授之间与故事里的人不同，不是吗，她怎么可能说出那些文艺而肉麻的话呢？他也不可能含情脉脉地对着她吟诗作赋。她当然还无力分辨自己对何教授的情感不过是一种模糊而懵懂的少女怀春，春天来了，不是这朵花先开，就是那棵草先长，何教授不过刚好是第一棵在她眼里开的花而已。

可是，在这样一个半封闭式的学校里，在这个萧瑟的北方小城中，四季和世界的其他地方一样，花开了就有可能被授粉，最后结出半熟不熟的果子。他们总是会在教室、操场、食堂里遇到，如果其中的一个人又总是创造机会去遇到，概率就更高了。从各种各样的嘴巴里，她听说了他的许多事。比如，他的老婆也是学校的员工，在食堂里做红案，挥舞着砍刀剁猪肉或者萝卜。有一次，她听一个同学说，他其实三十岁才结婚。他是怎么结婚的呢？据说，那个彪悍的女人看上了他，把他叫到自己的宿舍里，锁上了门，不让他出去，两天之后，这个本来很坚决的男人被这个更强悍的女人摆平了。更不堪的细节描述说，她脱光了他的衣服，也脱光了自己的衣服，不知道用了什么手段，她让他勃起后进入了自己。据说，事后他还哭了，她安慰他，哭什么，我会好好照顾你的。有时候，她忍不住借助这些传言想象了那样的场景。他哭了，是因为委屈？还是因为自己终究没能控制住的勃起？总之，他通过一种奇特的方式缴械投降了，从此成了她合法的俘虏。他们快速地结婚，生孩子，变得和其他家庭一样。据说，就是从那天开始，何教授开始了十年如一日地锻炼身体。在小城和学校里，没有标准的健身房，他大多流连于操场和学校教职工宿舍楼前的运动器材上。

她看着他在单杠上大回环旋转，一圈又一圈，像个体操运动员。

他不会晕吗？她想。

他当然会晕。有一次，她有意无意地从单杠旁路过，他旋转了之后跳下来，身体摇晃着摔倒了。她赶过去扶他：何教授，何教授。他用手指指自己的胸口，她看着那健硕的肌肉和皮肤上细密的汗水，不知什么意思。忽然间，她明白了，他以为自己穿着外套，他指的是衣服口袋。她转头看见他的衣服挂在旁边双杠的杆上，快速过去扯过来，从口袋里掏出一个小药瓶，在他眼前晃了晃。他点点头，伸出两根手指。她明白了，是两颗药。她掏出药，喂到他嘴里，又从自己的包里拿出水杯，递到他嘴边。

吃下药之后十几秒，他的脸色慢慢恢复正常，呼吸也渐渐平稳，然后慢慢站了起来。他的身体仍然摇晃，但扶住了单杠的铁杆。

谢谢你，他说。

何秀竹说，您别客气。

她又看见了他的身体，背心下的肌肉此刻是松弛的，但他还没反应过来自己没穿上衣。她递给他，他慌忙地接过去，穿上，却不小心穿反了，然后不得不脱下来，重新穿。

你……她问了半句话。

他一听就明白了，说：我心脏有点问题，有时候会犯病，随身带着丹参滴丸。今天真是多亏了你，要不……我就交待了。

身体不好，你怎么还这么大运动量啊？

他没说话。她一下想起了听到的那些传言，赶紧又补充说，何老师经常跑野外，身体确实需要锻炼。

他们略有尴尬地告别了。告别之前，他问她宿舍电话是多少，她说给他了。

此后，他们和之前一样在那些场合遇到，彼此多了一些亲近和熟悉，但也都是点点头，随口说一句闲话，并没有特别的交流。在食堂里，她许多次看见他的妻子，她应该有一米七五的个头，体重至少两百斤，有时候到前厅值班，站在窗口给学生打饭。对学生们来说，她是一个慷慨的人，不会像很多食堂大师傅那样总是把勺子里的肉抖掉,她会盛得满满的。所以大家看见她在窗口里,都愿意排在这个窗口买饭。她对何秀竹跟对别的同学一样热情,那张又圆又肥的脸上露出过分亲切的微笑,粗声大嗓地说:就要二两饭?你看你瘦的,年轻人长身体,得多吃饭啊。她给她饭盒里的饭足足有三两。

怀揣秘密的日子,似乎比其他时刻更有生活的滋味。她有时候会走神,想一些跟何教授有关的事情。她有段日子没看见他了,听说这几个月他带学生去野外做田野调查。他们去的是贵州的一个山区,那里探测到一个镍矿,储量很大。这学期末,她们毕业的前半年,也要出去实地考察。他会是带队老师吗?她怀着期待问自己。

七

二十世纪九十年代末的时候，国家重工业发展很快，水涨船高，各个地方的小钢厂、小矿场、小锻造厂如雨后的蘑菇，一圈一圈地往外冒。有些干不下去黄了，但很快会有更多的小厂子挂上牌子，开动机器。特别是国有企业下岗潮过后，不少在国有大厂干不下去的人，都拼上家底，自己创业办厂。尽管三年的时间里，何秀竹努力学习，认真操练，成绩很不错，但最后并没有进自己理想的矿务局或大型国企，而是到了这一个总共不过一百多人的小厂子。

去厂子前，她回了趟家。那天晚上，家里的空气闷得能拧成绳子。全家人不约而同地暗暗想起，如果当初她没有考中专，而是考高中，会怎么样。因为在前几天，当年村里的第一个大学生偶然回乡，到原来住的地方追忆过去，聊天中听说何秀竹竟然去读了中专，大为不解。他跟她的父亲母亲说：将来是大学生的天下，中专生只能当个技术工人。她也知道，父亲刚从镇上的医院回来，医生给他定了个病，说是糖尿病，空腹血糖二十多，最好每天打胰岛素。何老头儿看着那张单子，半夜没想明白，他大半辈子吃的糖还不到半斤，怎么就得了糖尿病？这病不该是那些整天吃大米饭拌白糖的人得的吗？每天打胰岛素，开玩笑，他哪里有这个钱？对他来说，得病就是命，跟村里的其他人一样，到医院检查，给这个命起一个看不太懂的医学名字，回到家里跟它一起活到死。她觉得自己这也是命。人人有自己的命，就看你认不认。

第一天去厂子里报到，后勤的人给她发了一套工服，蓝灰色的，布料粗糙，肥厚宽大。穿上之后，她就不再是一个年轻的女孩子，而是一个女工。他们工段就她一个女工，主要负责把前一个工序组装好的锤子、钳子或各种零部件等工具打磨光滑，没有一点儿技术含量。这种活儿，她在学校就干得熟门熟路，适应起来没什么难度。宿舍也还是集体宿舍，跟在学校不一样的是，三个人住，有一台十四英寸的彩色电视机，画面总是飘着雪花，但也能看。公用浴室和厕所在走廊的一头，食堂就在宿舍楼的一楼。

刚进厂子那段时间，她迷惘而空虚。一周上六天班，而且是三班倒，回宿舍已经特别累了。她偶然在电影频道看了卓别林的《摩登时代》，电影里的人整天拧螺丝，下班之后还保持着那个动作，心里就想，自己和这个人太像了。这么一想，那颗仍然算少女的心便忍不住感到一点儿酸楚和凄苦。如果再赶上来例假，肚子疼得撕心裂肺，又不好跟工友们提。流水线的活儿一个萝卜一个坑，少了一环，整个生产线都得出问题，只要没倒下，她们谁也不敢请假。有一次，她来例假，量特别大，一天要跑四五回厕所去换卫生巾，被工长当众批评。她回去哭了半夜，枕巾几乎能拧出眼泪来。第二天早晨,她看着镜子里红肿的双眼,有点儿生气,自己什么时候变得这么脆弱了,动不动就流眼泪?可那段时间她就是这么敏感,眼窝子好像突然变浅了,盛不住一滴眼泪。

周围的一切都这么漠然而不可更改，有吃有喝,但就是没什么激情。身体和意识沉闷了一段时间后,就蠢蠢欲动,从其他方面寻找喘息的机会,像她当年对待自己的乳房一样。这一次,她选来选去,选择了爱情,或者说是爱情选择了她。她和隔壁工段的小胡之间的那段交往,到底算是爱情,还是两个同病相怜的人的抱团取暖?等到多年后结婚生子,她回想起来,都没法下一个准确的定义。但是她得承认，两个人的交往拯救了她在厂子里的生活，倘若不是小胡,她也许会抑郁,也许会因为一个不小心留下残疾。

他们开始于厂子里的一次事故。

那年冬天,厂子接了个急活儿,让他们在半个月内赶制出五千个零件,所有人半个月无休,每天加班到晚上八点多。小胡是电焊工，因为太过劳累，焊东西的时候不小心打了瞌睡，电焊枪直接点燃了旁边的一根电线。她离那里不远，冷静地拉了电闸，才没引起更大的事故。但是因为突然断电，流水线上的二百个零件全部报废。她没有说出小胡的事，只说是因为赶工，用电量太大，电线过热，引起短路。

过后，小胡请她到厂子外的小店里吃饭，以示感谢。那天小胡跟她说，其实他眼睛视力不太好，不适合干电焊工，招工的时候他给体检的医生塞了红包，才合格的。在厂子里，电焊工因为技术要求比较高，工资也高些。她就说，你这样太危险了，搞不好眼睛会瞎的。小胡说，我也担心。她说，你还是转岗吧。小胡给她夹菜，她面前的碗堆得满满的。

不久之后，他们变得熟络，开始在食堂里坐在一个桌子上吃饭，偶尔到厂子外的小路上走走。还有的时候，小胡骑自行车驮着她，到城区买东西。她会帮小胡缝一下挂坏的衣服，小胡老家寄来风干牛肉,也会特意给她留一份。小胡是一个天生乐观的人,不管在什么时候,都嘻嘻哈哈,什么样的日子都不觉得苦,都能找出乐趣来。比如,他跟她表白的那天，送的礼物就是他自己用废旧铁丝焊的一颗心，足足有五公斤。他把那颗铁心放在桌子上时,发出了沉重的咚咚声,惊得她半天合不上嘴巴。他常常出人意料,她喜欢跟他在一块儿,只是,她总感觉缺少最重要的那种冲动,好像一道特别好的菜里缺了最关键的调味剂。菜能吃,可就是不够好吃,欲望仍然在最深处蠢蠢欲动。然而,摆在她餐盘里的这已经是最好的一道菜了,于是,她收下那颗心,把它摆放在自己床头,跟威震天一起。后来,她发现那颗心最好的用处是摆小花盆,她就在一起去集市的时候买了四五种花。花盆是她自己制的,根据那颗心的形状,用铁丝焊在上面。那些年,周华健的歌《花心》也还流行,这个装饰就被工友们命名为“花心”,一时传为美谈。

第二年夏天，同宿舍的一个工友结婚搬了出

去，另一个去上海看病，要好几个月才回来。小胡就经常来看她，晚上的时候，两个人从食堂打回饭，在这里吃。她还偶尔用小电饭煲煮点汤。吃过饭，小胡会抢着刷碗，让她歪在被子上翻看《故事会》和《今古传奇》。一切收拾停当，小胡会有点儿不舍地告别，她当然能看出他眼神里的意思。他想留下来，他想跟她过夜，这毕竟是二十岁的身体，荷尔蒙分泌旺盛，一个身体急需靠近另一个身体，一颗心也想在另一颗心那里找到安慰。但她总是假装看不见，她还没产生足够突破心理防线的冲动。他身上没有肌肉。

直到一个周末，三伏天，温度快四十摄氏度了。小胡大中午的从外面回来，拎着一个西瓜。他顶着太阳骑摩托去城区，买了一个冰镇的西瓜回来。西瓜身上裹着一层水汽。她正在午睡，浑身是汗，那台不住摇头的小电扇根本不解决问题。她还是起来给他打开了门，睡衣的领子很低，他一下就能看见她上半个乳房，它们这时已经彻底成熟了。他把西瓜放在桌子上，一转身，没想到那个西瓜很圆，自己滚落到地上，摔得七零八落。本来有着八分困意的她被西瓜碎裂的声音彻底惊醒，他们开始蹲在地上捡还能吃的瓜瓤往嘴里塞。黑色的水泥地上，红色的西瓜汁液流淌，翠绿的瓜皮小船一样在浅红色的海洋里。好像是她先把一块瓜皮扣在他脸上。“人家都说瓜皮特别美容。”说着，自己的脸上也被扣了一块，一种腻腻的凉爽。两人一瞬间玩开了，身上、脸上都涂抹了甜甜的西瓜汁。太热了，很快那些凉爽就变成一种甜腻的温热，嗅到了气息的苍蝇开始嗡嗡嗡围着他们飞。冲动就在这样的瞬间迸发了，而且是她先开始的。她舔了他的脸，西瓜汁和汗液混合在一起的甜咸味道让她瞬间产生了冲动。他也开始舔她。她感到了另一种热，是从身体内部侵袭过来的，几秒钟的时间就淹没了她的每个毛孔，外界的热再也感受不到。

他们只有过这一次。

她没有感受到所谓的快乐，他好像也没有，他们只是因为燥热引起的发泄，发泄本身是痛快的。结束后，闷热的确消退了很多，但是因为太过匆忙，他们身上的西瓜残液沾染到了床单上，跟她身体流的血混在一起，很难区分出来。等他穿好衣服离开，她就把被单、褥单全部扯下，用它们把地上的西瓜汁擦掉，然后去水房彻彻底底地清洗了一遍。

她把床单晾晒在院子里的晾衣绳上，偏西的太阳仍然明亮灼热，和阳光之间即使隔着两层床单，仍然能感到刺眼。就是在这个时候，离开这里的念头开始从心里滋生。她甚至产生了一点儿羞愧，想不通自己怎么会在这里待了这么久。她记起自己小时候，有一次踩了狗屎，然后就在那里呜呜哭，就是想不起来赶紧把脏东西蹭掉。她特别恨自己这一点，遇见任何不好的事的第一反应永远不是去解决它，而是哭或者情绪低落。所以，她决定这一次不给自己留这个时间，走，马上，今天，立刻。

离开当然不可能这么快，她可以不在乎父母，未来还没想过，最大的问题是小胡。自那一次之后，他已经信心满满地开始考虑结婚的事了。在他想来,一个谈了这么久的女朋友,已经有过这么一次亲密接触,接下来一切都是顺理成章的事了。他们身边所有的人都是这样的。他不知道,也不可能理解,恰恰是这一次亲密接触,唤醒了她。是身体上的羞耻感,唤醒了何秀竹心里的羞耻感。他正准备跟她提结婚,而她已经决定了跟他分手。

何秀竹没想到,这个嘻嘻哈哈的小胡竟然会策划出一场声势浩大的求婚。

那天是礼拜天,他们休息。平时各种机器声、电焊声、打磨声都停歇了,整个厂区陷入每周一天的安静日,工人们到公共浴池里洗洗涮涮,换上鲜艳的衣服去逛街、看电影。宿舍楼下平日里停满的自行车、摩托车,被人骑走了十之七八。厂子就在城区边上,骑车十分钟就能到商业街附近,那里有商场、电影院、服装店、市医院,还有各种餐馆。

何秀竹这天也想去看电影,王家卫的新电影

《花样年华》上映。工人们其实对王家卫不感冒，他们感兴趣的是张曼玉和梁朝伟，这两个能从很多香港录像片里看到的人才是吸引他们的根本原因。更重要的是，他们从收音机和晚报里得知，那是一部爱情片。对年轻人来说，去电影院当然要去看爱情片。何秀竹跟小胡提这事的时候，她本以为小胡会毫不犹豫地答应，但很意外，小胡说他今天有事，不能进城，还让何秀竹也别进城。何秀竹问他什么事，小胡说，没什么事。她当然能看出他的一些拼命压抑的局促，好像知道一个秘密，但忍住不说。何秀竹的原计划是，在看完电影之后，如果时机合适，就跟他摊牌。

何秀竹没有听小胡的，自己骑自行车去了城区。在电影院门口，她看着一对又一对的年轻人进进出出，心里怪怪的。其实，她想约小胡看《花样年华》，是因为她知道那是一个分手的故事，她还没有想好怎么去说，或者说，她决心要离开，但还没想好到底怎么跟小胡讲。何秀竹要离开，但这个决定不仅仅关乎爱情,更关乎她的不甘心:我就这么过一辈子了?这有什么意思?其实她哪里知道什么是有意思的,就是感到不满足,感到不对,一切的一切都不够准确,都似是而非。何秀竹一直能感觉这一点,可到了现在才承认。

从带她的隋师傅那里,何秀竹清清楚楚地看到了将来可能的生活。隋师傅毕业后到工厂,嫁给了一个同事,然后穷尽一生都没有离开过,她自己对此颇为满足。可是何秀竹不行啊,一辈子困在工厂和操作间里, 跟一辈子待在农村种田有什么区别?现在,她攒了一点点积蓄了,心里有了底,一时半会儿不会饿死。她想,回老家去,从最开始出发的地方再一次开始,从自己的轨道被改道的地方再一次开足马力,甚至,回到更早更早的时刻,她第一天上学的路上,跟每个遇到的人都说:我要考大学。

何秀竹一个人看了《花样年华》,记住了那句最经典的台词:如果有多一张船票,你会不会跟我一起走?她并不是一个绝情的人,她想把这句话说给小胡听，虽然她内心深处知道他的答案肯定是否定的。但是，梁朝伟又何尝不知道张曼玉的答案呢？他还是要问，她也要问。从电影院出来，她去一家面馆吃了碗面，然后骑车回厂子。

一路上，她骑得飞快，似乎是在用呼呼过耳的风声把心底的噪音遮挡住。路两边人影憧憧，父母、弟弟、何教授电影胶片一样从她脑海里掠过，那些留在她意识深处的声音飘忽不定，但听到它们时的感觉和引起的反应，又在心里真切无比。她听到了汽笛声，仿佛离开的船真的要起航了。她没坐过船，这汽笛声是从电视和电影中来的。那条大船啊，泰坦尼克号一样巨大的船，螺旋桨已经开始转动，卷起旋涡，把冰冷的水切割成白色的浪花。她从远远的码头上跑过来，纵身一跃……

她去宿舍，宿舍没人。给男工宿舍打电话找小胡，宿管大爷说电话没人接。何秀竹有些纳闷，不知道小胡干什么去了，她一路上准备好的那些话不能再等了，今天不说，明天就会被软化许多，就要继续拖下去。她拖不起了。何秀竹已经想明白，他们之间的那一次狂热性爱，其实是自己安慰他也安慰自己的一个举动。这时候，何秀竹听见一粒石子敲击玻璃的声音，她打开窗子，探出头，看见一个工友在楼下。

干吗？她问。

快点儿去厂子的大礼堂，小胡出事了。他急切地说。

何秀竹愣了一下，能出什么事？而且，她敏感地注意到了工友的表情里隐藏的笑意，特别像一个恶作剧的人的表情。但她还是下楼，跟着他去大礼堂。

没有开灯，礼堂里有一种窸窸窣窣的安静。她有点儿忐忑，被工友扯拽着带到了主席台上，正踌躇间，突然礼堂的灯全部亮起来。突如其来的光芒让她有一瞬间失明了，不是那种什么都看不见的黑暗，而是什么都看不见的光明。她终于从灯光里看见面前跪着一个人时，还有点儿恍惚，以为是幻觉。那个人抬起头，是小胡，他穿着西装，抱着一束花，说:秀竹,嫁给我吧。

他是在求婚。礼堂里座位上突然拥出十几个工友,大声起哄说,嫁给他,嫁给他。

你在干吗?她问。

小胡愣了一下说,傻瓜,我在向你求婚啊。

你疯了吧,她说。

根据电影和电视剧里的情节,这时候她应该激动甚至捂住脸哭泣,然后拼命点头,然后他们亲吻,然后所有人欢呼,然后去厂区附近的小饭馆吃饭喝酒庆祝。可是,她不能这么做,这会把两个人都拖入黏稠的西瓜汁液一样的深渊。

小胡看她始终没有答应,站了起来,把花塞到她怀里说:你不愿意?

何秀竹摇摇头。

那就是愿意?

何秀竹又摇摇头。

她此刻没办法解释清楚自己的想法,只好说对不起,然后转身跑掉了。

所有人愣在身后,她只听见小胡声嘶力竭地喊了一声,为什么?!

冲进宿舍里,何秀竹倒在床上,可是呼吸急促,心里沉闷,感觉很不舒服,又站起来,满屋子地走。何秀竹无所适从,直到她看到那个变形金刚,把它抓在手里,心里突然定了下来,慢慢地,呼吸也变平缓了。她长长地吐出一口气,似乎要把所有的愤懑和无力吐出体外。过了一会儿,何秀竹的内心轻松起来,毕竟这个决定是早早就埋藏在心里的,只不过以一种完全想不到的方式告诉了对方。她没想到小胡今天不去看电影竟然是在准备求婚。早晨的时候,她看到了他眼睛里有种隐藏秘密的兴奋感,还以为他要跟朋友去打游戏或者打牌、喝酒。

晚上,整个厂区听说了这件事,大家议论纷纷。在这个小小的王国里,所有人都认识,所有事都是大家的事,平时缺少谈资的人们,终于有了可以好好谈谈的故事。其实,大部分人既奇怪于小胡怎么突然搞了这么一出，也啧啧于何秀竹竟然没有答应。特别是那些女工们,她们打心眼儿里觉得小胡的做法很浪漫,如果是自己,一定会被感动的。

何秀竹是不是喜欢上别人了？她们猜测。

不可能吧,她整天在厂子里,我们都看得见,除了小胡,没有哪个男的找过她呀。有人马上反对这个猜测。

那你说是为什么？

不晓得,我就是觉得何秀竹可能跟咱们有点儿不一样。

她们有人烫了头发，有人端着脸盆去浴池洗澡,有人洗积攒了一周的内衣,小心翼翼地不让何秀竹听到她们的谈话。这种所有人一起分享一个八卦的感觉真是令人激动。

男工那边呢？几乎所有的单身工友在一个酒馆里喝酒。包间是早就订好的,原本是为了求婚成功庆祝,现在成了小胡借酒消愁的地方。他的朋友和工友们在陪他喝酒，他们都觉得他应该多喝点儿，喝醉，一个男人的脸被丢在地上踩了一脚，除了喝醉还能做什么？总不能去打何秀竹吧，毕竟人家有权不接受你的求婚。每个人都跟小胡碰杯，不说话，或者只说：兄弟，都在酒里了。什么都在酒里了呢？理解？支持？同情？笑话？一切的一切，反正都在了，你自己去品味吧。小胡喝了很多酒，他是被工友抬回宿舍的。有好几次，他几乎要吐出来了，但硬生生地压了下去，他不想吐，他就是想沉浸在醉酒的难受中，似乎这样就可以稀释一下心里的痛苦。

第二天，何秀竹按时上工，她从没旷过一天工、请过一天假。

走进车间时，所有人轻轻抬眼看了她一眼，然后迅速低下头，继续开工前的准备。检查机器，换手套，戴口罩，看进度表……他们闭着眼睛也能流畅地进行。何秀竹一夜没睡，但此刻一点儿都不困，她已经彻底想通了，一切已经发生的事情，都不必去纠结，她必须按照自己的计划退回出发点，好再次往前走。

繁重而单调重复的工作很快把所有人带进呆滞和空白中，没有人有空想七想八，都盯着手里的活儿。临近十一点的时候，有人冲进了他们车间，在机器的轰鸣中大声喊：何秀竹，何秀竹，快点，小胡出事了。何秀竹听到了喊声，但她以为那是昨天的记忆在作祟，直到那个人冲到她身边，一把拉住她的胳膊。

他变形的脸和带着惊恐的眼睛，以及变调的喊声：小胡出事了。

何秀竹突然感觉到了自己的心跳，怦怦怦怦，像厂子里有时用重达几吨的铁锤锻造某些零件的那种声响，砰砰砰。她的第一反应是小胡可能寻短见了。

他们冲出车间，到了厂子大院里，正好看见有人扶着小胡从他的车间里出来。他的左手抱着一件衣服，衣服上滴着血，另一个人拎着一个塑料袋，塑料袋里是四根手指。因为失了血，那些手指的皮肤变得很白，像他们用的白色橡胶手套。厂子里的一辆车开了过来，众人喊着快快，去医院。不知道谁推了一把，何秀竹不由自主地跟着上了车。

在车上，小胡闭着眼睛，呻吟着，忍受着剧痛。何秀竹像坐在一排钉子上，她想回头看一眼小胡，可是不敢，她怕看见他苍白的脸，尤其是那四根手指头。刚才碰见的一瞬间，她看到他眼睛里那种带着委屈的恨，像铁扦子一样扎她的眼睛。

小胡的手指有三根接上了，另一根食指因为伤口处骨头碎裂严重，已经无法再接上。何秀竹被厂里安排在医院照顾他，这是她一生里最艰难的日子。她最不想面对的就是小胡，可是又要每天面对他。护士比较忙的时候，她要给他解开绷带，换药，就会看见那四根肿胀的手指和那根不存在的食指。自始至终，小胡没有跟她说过一句话，他毕竟还有一只手是完好无损的，大部分生活都可以自己处理，他不需要也不愿意求助她。

几个月后，小胡出院。这次严重的事故调查报告也出来了,小胡前一夜宿醉,属于违反规定醉酒上工,迷迷糊糊把手伸进了切割器里,导致了惨剧。由于是个人原因,厂里不给他算工伤,只是报了医药费,没给任何赔偿。而所有人知道,小胡喝醉酒是因为何秀竹拒绝了他的求婚,所以,人人心里都把她想成罪魁祸首。何秀竹也充满愧疚,但并不悔恨,她取出自己所有的钱,给小胡。小胡不要,他只拿回了自己送给她的那颗铁心。想想真好笑,一颗铁做的心,仿佛在嘲笑他们,被焐得再热,时间久了也得凉下来。

两人同一天离开厂子,小胡属于被变相辞退,而何秀竹是主动离开。在汽车站的候车大厅里,他的车是下午三点,她的是三点半,一个往南一个往北。临上车前,小胡终于说:秀竹,我不怪你,真的。何秀竹不知道该和他说什么,他不怪她,她也不觉得自己该为此负责,可是她必定要一辈子背负这件事。毕竟他们在一起过,毕竟两个人赤身裸体地纠缠过,在她的感情生活里,他处在一个极其特别的位置。不是爱和不爱,不是性和欲望,是什么呢?好像他们互为各自手里的产品,他制造了她的一部分,她也制造了他的一部分,然后他们终将被送往另一个流水线去完善,再然后组装到完全不同的机器上,再然后去远方的工厂,迎接截然不同的人生。

八

何秀竹抱着一盆吊兰，手里还拎着一盆仙客来和一盆富贵竹，敲开了兰草花卉养植店的门。花卉店的萧姑娘正在给一盆花剪枝，从浓烈的幽香里抬起头，看见何秀竹有点儿惊讶。这已经是这个月何秀竹第三次抱着花来她这里了。

又有问题？萧姑娘问。

何秀竹把三盆花小心地放好，说，你说也怪了，我都是按照你教给我的方法浇水、施肥、晒太阳，这花怎么就老是蔫蔫的，半死不活，还有一棵都快烂根了。

萧姑娘放下手里的剪刀，起身，仔细看何秀竹的三盆花，的确一棵棵都长得不太旺势，那盆吊兰明显快枯了，富贵竹的根已经有了腐蚀迹象。她用手指捻了一小撮花盆里的土，凑到鼻子底下闻了闻，一股过于潮湿的腐殖味道。

这还是浇水浇多了啊，萧姑娘说。

不可能，我还是上周五浇的水呢，后来我就出差了，昨天回来一看，花就这样了。

那是不是你老公，或你家儿子给浇水了？

那就更不可能了，我家这俩货一个基因，对花草完全不感冒，在他们眼里这玩意儿没法跟鸡翅、羊肉串比，你就算给钱让他们给你浇水，他们都懒得干。

萧姑娘听了，又细细看了看几盆花，说真是奇怪了。

何秀竹说，你再帮我看看，这半年我养的花怎么老是死呢？难道是家里风水不对？

萧姑娘扑哧一下乐了，说，何姐，要不你先把这几盆放我这儿几天，我给你养养，等活泛过来，你再搬回去。

何秀竹说那可太好了，你不知道，这段时间为了这些花，我都快抑郁了。说着，何秀竹从包里掏出一套还塑封着的化妆品来，塞到萧姑娘手里说，这是我朋友出国帮我带的，说是很多明星都用这个牌子。

萧姑娘当然是一如既往地拒绝，何秀竹当然是一如既往地坚决要送，结果当然是一如既往地萧姑娘拗不过何秀竹。两人一番推送，弄得气喘吁吁，在暖湿的花房里出了一层细汗。萧姑娘说，好吧好吧我收了。何秀竹说，妹妹，我想喝你泡的茶了。

萧姑娘笑了，说，我就知道没有白拿的好处。何秀竹也笑。

两人洗了手，坐到里间一个茶海旁，萧姑娘动作熟练地泡了一泡武夷山岩茶，边喝边八卦各自身边的事。

何秀竹认识萧姑娘，何秀竹还认识开咖啡店的王姑娘、开素食馆的苏姑娘、做保险的杨姑娘、美容院的宋姑娘。这么说吧，何秀竹生活的各个圈子里，都有她认识的姑娘或小伙子，有的是姐妹，有的是兄弟。何秀竹自己也不知道从什么时候起，开始把各行各业的人都认识了。但凡在生活、工作上有一点儿交集的，她都不会当成擦肩而过的陌生人，而是像当一辈子朋友那样去结识。比如，儿子多多从幼儿园到小学所有同班同学的家长，她都认识，连多多课外班的同伴家长，她也认识很多。当然了，何秀竹也并非所有人都加微信、联络，她有着自己的考察标准，这个标准就是，但凡在她的生活或者儿子多多的生活中具有可能性的人，她才会留意。何秀竹的手机通讯录和微信通讯录分了很多个组，有幼儿家长组、小学家长组、补习班家长组、生活组、医疗组，所以，在她的生活里，不管发生任何事情，她都能第一时间联络上一个专业人士，进行咨询。比如，前一阵多多要报一个舞蹈班，她前前后后考察了不下十个，可都各有优缺点，没有比较突出的。就在拿不定主意的时候，她听说多多的一个同学晓雪报了天之舞舞蹈班，立马就给多多报了。原因很简单，是因为晓雪的妈妈是舞蹈学院的老师，虽然她是做行政的，不跳舞，但平时会接触到各式各样的舞蹈人士，她选的班一定是最可靠的。

每当很多人跟何秀竹说，所谓的学区房，其实毫无必要，教育还是要靠孩子的兴趣，或者说宁当鸡头不做凤尾，何秀竹就在心里鄙夷地想：鼠目寸光。还在怀孕时她就做好规划，幼儿园、小学、初中、高中，能进多好的学校就上多好的学校，教学质量先不说，就算孩子是全班倒数第一，但更重要的是他长大后，他的同学都是什么人。你满世界看看，那些当官的、赚大钱的，各行各业的顶尖专业人士，到底是从重点学校出身的多，还是从普通学校出身的多？答案很明显，择校择校，择的是你从小到大的朋友圈，是你将来的资源圈。想明白这一点，何秀竹宁可在四环里住一个蜗居，也不去郊区住别墅。就算都是补习班，四环内的和五环外的教师水平也差着不少呢。

在萧姑娘那儿喝了几泡茶，身体透了透汗，舒服多了，她一看时间差不多了，开车去接儿子。多多今年五年级了，马上要小升初，正是要劲儿的时候。

从学校出来，吃口饭，还得赶紧去新中关的英语补习班，没时间复习，只能路上让多多自己复习。

车到知春路那儿，堵住了。按平时，堵个七八分钟也就过去了，可今天不知怎么回事，半个小时竟然纹丝未动。何秀竹看了看时间，还有二十分钟多多就下课了，看样子自己不可能及时赶到，就给马勋打电话。马勋现在在中关村的一家公司上班，这会儿赶过去，完全来得及，可马勋的电话始终无人接听。这条路越来越堵，汽车喇叭嘀嘀嘀叫成一团，何秀竹越来越着急。马勋的电话很少打不通，偏偏赶上今天这个节骨眼儿上打不通，真是奇了怪了。何秀竹对马勋死心，冷静了片刻，想好了对策，先给班主任小于发了条微信，告诉她等会儿放学，让多多跟他同学小雅的妈妈黄太太走。然后给黄太太发微信，让她顺便接一下多多。黄太太是全职母亲，从来不会迟到。小雅和多多一起在上英语补习班。十几秒钟之后，黄太太先发来信息，说没问题，新中关见。何秀竹这才放下心来，打开了车载音响找歌，看到了班得瑞的《寂静森林》，手指点了一下，舒缓的音乐屏蔽了车外的噪音。你堵你的车，我听我的歌，能奈我何？

晚上，从补习班回到家，已经接近晚上八点。多多想吃麦当劳，本来何秀竹不想给他吃，但想到今天自己没能及时赶去接他，心里有点儿愧疚，就给他要了一份麦当劳的鸡腿堡套餐，还有两个鸡翅、一包薯条。多多听了欢天喜地，跟妈妈保证，他今天一定认真做作业。

汉堡是马勋拿回来的，他在楼下碰到了麦当劳的配送员。

刚进门，马勋把汉堡往桌子上一丢，没好气地说：你就给孩子吃这个？

何秀竹本来就对他今天没接电话有气，这会儿又被他指责，也气鼓鼓地说：你管得着吗？我儿子，我愿意给他吃啥就吃啥。

何秀竹已经闻到了，马勋喝了酒，而且还不少。她看着马勋微红的眼睛、有些摇晃的身体，还有他醉酒后夸张的脸,心里一字一顿地告诉自己:别吵,孩子在家呢。何秀竹起身,把麦当劳送到正在写作业的儿子房间,让他赶紧吃,吃完写作业。

马勋坐在沙发上,打开了电视,电视里正放着《甄嬛传》。何秀竹觉得今天马勋有点儿怪,平时他没这么嚣张,尤其喝完酒之后,总是小心翼翼的。何秀竹给马勋出去应酬或跟朋友聚会的时间做了规定,每周一到两次,每月不超过五次。马勋反抗过,但何秀竹用儿子多多把他反抗的气焰全部灭掉了。

马勋说,老婆,我出去应酬或跟朋友聚聚,也不全是为了我自己,我多交朋友,多积累资源,将来有一天我是要自己创业的,我都是为了你们娘儿俩。

何秀竹说,你说到点儿上了。我相信你出去不会乱搞, 顶多喝完酒到歌厅里找个小姐陪着唱唱歌,是吧? 马勋,你要真为我们娘儿俩着想,第一条就是保护好自己的身体, 为多多健康工作五十年。就算你不给儿子留几千万资产、十几套房子,你也得保证老了不会生大病, 不会瘫痪在床上让人伺候。这才是你这个当爹的最该做的。

从结婚开始，何秀竹就给自己和马勋买了保险,每年两个人的保费要两万多元,孩子出生之后,又加了一份,一年将近三万元。马勋挺反对这件事的，他觉得与其把钱存在一些不靠谱的保险公司,还不如拿出来创业、投资,钱生钱。另外,虽然说按照他们现在的收入,三万元不算太多,但何秀竹的说法让他心里别扭。何秀竹说:你如果不能健康工作五十年,就算生病,也得从病里掏出点儿钱来。马勋气急了,说:你钻钱眼儿里去了,也不怕卡死在里面。何秀竹倒不生气,说:我就是想让自己跟孩子的生活有个保障,所以必须事事想在前面,我可不能让任何意外事故影响到多多的成长。

马勋并不是标准的IT男,属于半路出家。本科时,他读的是北京航空航天大学数学系,辅修了计算机,后来发现计算机比数学有意思,但是考本校计算机系硕士研究生差了几分,被调剂到了地质大学。他觉得数学太枯燥了,而且绝大部分人根本成不了数学家，就算成了数学家，也一辈子登不上那几座最高的山峰。他不希望自己跟其他人一样，在数学的半山腰晃荡一生。计算机的好处是，只要你掌握了最新的技术，你就能应用它。这有点儿像弹钢琴和拉小提琴。钢琴嘛，你只要手指头按对了黑白键，出来的音八九不离十，可小提琴不一样，全凭细微的乐感。在计算机领域，他也知道自己不是顶尖的，甚至连第一梯队也进不去，至多是一个比较有能力的码农。赶上这些年中国互联网的大发展，他这种比较早进入行业的程序员，积累了一定的基础，只要身体熬得住，收入还是不菲的。

对于创业，马勋并不是这两年才动心，他在读研时就跟两个同学一起写过一个程序，专门帮学生找自习室。读书时，学校里教学资源紧张，而且很多学院为了赚点儿外快，在晚上或周末开展社会办学，什么老年大学啦、中学生培训啦、教师培训啦，把本来就紧张的自习室抢占了不少。为了占个座儿，很多同学都要早晨五六点起来去图书馆排队。

马勋和宿舍的两个同学也深受其苦,后来他们发现学院路其实有七八所高校，有几个离得比较近。他们在网上下载了每所学校的排课表,然后用大数据分析出每天哪所学校的哪个教室没有课、能容纳多少人。很多同学受益于这个软件。有一阵,学院路几乎有百分之二十的学生使用这个软件。马勋和合伙人满心憧憬，觉得自己就算当不了比尔·盖茨、扎克伯格,也能在互联网里占有一席之地。但世事难料,马勋和另一个合伙人有技术,可是不懂经营和法律,这个软件被第三个人注册为法人,直接卖给了互联网大鳄，自己卷了一千万元跑到了硅谷。马勋最后成了单一的码农,一气之下退出。

这之后,毕业,工作,他有许多次在撸串的酒桌上豪言壮语:老子一定还会杀回互联网,以后的中国互联网就是这三驾马车:马云、马化腾、马勋。其实他还真有点儿前瞻性,只不过执行力差,而且对自己的前瞻性没有任何判断。比如,网约车刚开始的时候,马勋就说这个将来一定是大市场;网络医疗还没开始，他就到处说，将来很多小毛病根本不用跑医院，只要在网上咨询就可以了，没过多久，春雨医生就上线了。每一次，他都能嗅到互联网发展的信息，每一次他都晚半步，刚好错过。

这一切，他都压抑在心里。说良心话，何秀竹是一个好妻子，能干，顾家，这个家庭的大大小小的事，几乎都是她操心，马勋是个甩手掌柜。就连买房子、生孩子、上学这些大事，也都是何秀竹拿的主意，而且最后证明这些主意都拿得对。比如这个学区房，如果不是何秀竹干脆利落出手，只过半年，价码就涨了百分之十，他们就买不起了。何秀竹是他们家的话事人，可她又不是那种靠强势和胡搅蛮缠当家的人，她比男人还讲道理。马勋最怕的就是她的道理，一件周末到底要不要上培训班的小事，何秀竹可以花一个月时间来搜集、整理、规划，马勋提出的任何反对意见，都能被她提前想好的理由堵死。有时候，马勋觉得活在一个真空实验室之中，自己是小白鼠，何秀竹是那个温柔而变态的科学家，她不给他试药，只是让他在她的规划下平稳生活。可马勋希望有点儿意外，有点儿随意性。比如出去吃饭，跟以前不一样了，何秀竹会提前想好去哪家餐厅，甚至想好了菜谱和坐哪张桌子，但马勋会对那些没去过的或新开的餐馆感兴趣，总想去尝试尝试。这对何秀竹来说就是挑战，她讨厌这种随性的意外，觉得任何计划外的事都隐含着危险。

何秀竹喜欢花，马勋其实也喜欢花，但他喜欢不开花的花，比如仙人掌、多肉之类。搬进新房子后，他曾经养过几盆，但很快都被何秀竹淘汰了。对何秀竹来说，不开花的就不叫花。用她的话说就是：是花你就得开，是树你就得栽。何秀竹把花摆在家里的每个地方，马勋常常笨手笨脚地打翻她的花盆。这时候何秀竹不会发火，但是会让他坐在沙发上，她就这么盯着他看，看得他心里发毛。何秀竹说，我不需要你干活儿，没事你就在沙发上看电视，或者到电脑前打游戏，就是别乱动，你一乱动我的花就得遭殃。

渐渐地，马勋把对何秀竹的不满，都发泄到了那些花身上。他在网上看到一条新闻，说一个人如果每天跟一朵花说脏话，咒骂它，它很快就会枯萎。一个人在家的时候，马勋会对着每一朵盛开的花骂娘，用最恶毒的语言诅咒它们烂掉。发泄完了，他感到一种不安的放松感。最开始，放松感强烈，但慢慢地就会觉得不安更强烈。在他又一次打翻某盆花的时候，他会恍惚，分不清自己到底是无意的还是有意的。

那些花继续活着，继续盛开，丝毫没有受他恶语的影响。甚至，看起来自己的诅咒反而滋养了它们。终于有一天，他无法再忍受下去这一切，他担心自己因此疯掉。他开始动手了，给花浇水、施肥、晒太阳，只不过是按照它们习性反着来的。所以，何秀竹的那些花渐渐腐烂枯萎，她当然不知道自己的丈夫在偷偷地、温柔地杀死它们。这是他仅有的对妻子的报复。常常，何秀竹带孩子去补习班，他在家里给那些花以营养的毒药，然后去厨房炖他们喜欢吃的牛排、猪手、羊肉。他觉得这个时刻做出的饭菜是最香的，因为自己心里那点儿恶毒已经释放出去了，留下的都是对妻子、儿子的爱意。

他不想承认的是，在内心最底层的不安正在渐渐降低温度，变成一种寒意，甚至冰冷。他知道，这件事如果不及时停止，早晚会被何秀竹发现的。

何秀竹本想对喝醉的马勋进行家法伺候，却被一个加微信的陌生人打扰了。那个人的头像是一枚头花。何秀竹对这个头花有种熟悉感。她正回忆时，看到了那个人加好友的留言是：秀竹姐，我是肖扬的妹妹，肖莉。

何秀竹一瞬间想起很多事，读中专时第一天遇到的那个温暖的男孩儿，他们曾经那么亲密。真是奇怪，自从他毕业回到老家之后，两个人竟然彻底断了联系。有许多次，何秀竹都想去问问他的联系方式，但后来都作罢，她特别担心他过得不好，担心他被自己沉重的内心负罪感压倒。她几乎已经忘记这个人了。

何秀竹通过了肖莉的好友申请。

肖莉说,她送儿子来北京上大学,想见她一面。

何秀竹说好,问她儿子在哪所学校,她找一个方便的地方碰头。两个人最后约在肖莉儿子学校附近的小饭馆。

第二天傍晚,何秀竹打车过去,很远就看见了饭馆的招牌。她走进去,一眼就认出了那个曾经和自己很像的女人。她安静地坐着,完全看不出早年曾遭受过伤痛的影子。她们握手,互相笑笑,然后面对面坐下。肖莉说,她点了几个菜,不知道何秀竹喜不喜欢吃。何秀竹说,都行的,主要是见见面。

何秀竹仔细看着肖莉,她发现肖莉还是跟自己有点儿像,不是容貌,是神情,只有微微的一点儿像,但就是这么一点儿,也足够了。怪不得那时候肖扬第一眼看见自己,就会愣住。

肖莉把那枚头花摆在了桌上。

肖扬呢?他怎么样?何秀竹问。

肖莉没有说话，而是拉开旁边一只包的拉链，从里面拿出一张报纸，递给何秀竹。何秀竹注意到，那只包是个很著名的牌子，不便宜，心里想，看来她这些年过得不错。

何秀竹接过报纸，刚一展开，就立刻在头版的大照片上看见了肖扬的脸。他的头发花白，戴着手铐，站在法庭的审判席上，但是眼神里并没有一般的贪官那种颓废、悔恨和没落，反而是平静的，好像自己对这个结局不但早已知晓，甚至是安之若素。何秀竹的心狠狠地疼了一下，这种疼像条细线一样从心脏一路沿着血管游走到全身，最后整个身体都被这细微的疼痛刺激得有些麻木了。大标题上写着：湟源县国土资源局副局长肖扬严重违纪被“双规”。

何秀竹合上了报纸，她不想看审判的细节，或者他犯罪的细节，这些已毫无意义。

肖莉说：我去看我哥，他跟我说，让我一定想办法找到你，把这个带给你。我打听了很久，都没有你的消息，还是我儿子通过网络查到了你的联系方式。

何秀竹忽然涌出眼泪，她从来没有如此难过，连自己最艰难的岁月里都没有。她回想起他们最后的分别，仿佛从那一刻起，他就早早地预定了自己的结局，他所做的一切，仍然是来赎少年时那无意中的罪。

他还说了什么？何秀竹问，她把那枚头花拿过来，使劲握着。

肖莉摇摇头说，他没别的话，只是让我把这个带给你。

何秀竹说，我记得他说，你也有一个一模一样的头花。

肖莉又摇摇头，说，没有，这是他毕业回家的时候给我的，我戴了好多年，后来他又要了回去。

何秀竹愣住了。

肖莉说，秀竹，谢谢你。我哥说他一点儿也不后悔。他做了他想做的一切事，而且做成了，他心里再也不难受了。

何秀竹哽咽着问:所以你,这些年你过得还好吧?

肖莉点点头说:我挺好,我哥回去不久,我就离婚了,也谈不上离婚,因为我们连结婚证都没有。后来再也没结,我一个人把孩子养大,都读大学了。也不是一个人,我哥也没结婚,他一直在帮我,他最后……也是因为我。我觉得特别对不起他……

肖莉说不下去了,其实也无须再说,两人开始长时间但并不尴尬的沉默。她们各自想着心事,在无形中,她们的心事仿佛在空气里互相交融了。

服务员一盘一盘上着菜,但是她们一筷子都没动。何秀竹看见满桌的菜中,竟然有两种是鸡腿,她的眼泪几乎掉下来,狠狠地抹了一把眼睛,跟吧台招手,让他们把店里最好的酒拿一瓶来。过一会儿,服务员拿来一瓶茅台,问她,确定要开吗?

何秀竹点头,自己拿过酒瓶,打开,把酒倒进三个杯子里。

何秀竹说：来，我们跟肖扬哥喝一杯吧。

她们碰杯，干杯。真是好酒，一点儿感觉不到辣，只有灼烧感从口舌一路向下，烧热到胃部。

分别时，黄昏即将消逝，黑夜来临，街上灯光闪烁。在地铁站口，何秀竹跟肖莉拥抱了一下，在两个人的脸交错的一瞬间，何秀竹忽然想清楚了她们到底哪点儿像了。她记起了，肖莉特别像她梦中出现的何翠竹。

九

一九九九年的三月，北方下了一场十年未见的春雪。

那场雪很大，大到很多地方的屋门都被积雪堵住了，人们不得不打碎玻璃，掏一个雪洞才能出门。院子里的雪有一米深，大地白茫茫，天空却灰沉沉。雪后的第二天，太阳高照，天气陡然升温，那场雪就迅速融化，整个世界变得冰冷泥泞。

他们就在这样的雪后黄昏，到了毕业实习的基地吉林省珲春市小南岔矿区。这里地处中朝俄边界，是吉林省最靠东北的一个市区，隶属延边自治州。三百多年前，《中俄尼布楚条约》的尼布楚，离珲春很近。没上过高中的何秀竹当然不知道这段历史，但是在学校这几年，她在图书馆里看了很多武侠小说。金庸的小说《鹿鼎记》也写到这段历史，小说里，小混混、小流氓韦小宝，在这里跟俄国的女皇有过露水姻缘。对年轻的何秀竹、胡杏儿她们来说，这种遥远的跨国浪漫，是一种奇怪的浪漫，因为这里面包含着刺激性的禁忌。所以，当得知这次田野实习的地点是珲春时，她们都有种莫名的亲切感。

雪水打湿了他们的鞋子和裤脚。他们知道这里的寒冷，但没有想象过会遭遇一场春雪带来的湿，鞋子浸泡在泥水里，微风吹过，整只脚是麻木的。学生们拼命跺着脚，好让自己暖和一点儿，但常常是溅起了更多的泥水。除了寒冷和偶尔走过说朝鲜语的朝鲜族人，黄昏时的珲春跟他们上学的小城没有多大分别。

他们住进了这个边塞小城的招待所。招待所房间不多，学生们住六人间，老师们是双人间。晚上，何教授带大家去了一家朝鲜族饭馆吃牛尾汤饭。朝餐有自己的规矩，牛尾汤上来之前，先上来七八个小碟子，每个碟子里是各种各样的泡菜，看着红辣辣的，但吃起来主要是咸酸味。他们尝了几口，都不太适应。主食上来了，每人一份牛尾汤、一份白米饭，热气腾腾。这时候再去吃泡菜，就觉得特别对味儿了。胡杏儿喝了一口，皱起眉头，说牛尾汤有腥味，不想吃。何秀竹把自己带的一个面包给了她。自从那次事件之后，两个人的关系冷淡很多，但这次出行，在火车上，胡杏儿却主动坐到了她的旁边，亲热地挎着她的胳膊，好像两个人从没有过隔阂一样。

孙君突然站起来说：何老师，咱们喝点儿酒吧，好歹出来一回，天又这么冷，喝点儿酒暖和暖和。

何教授连忙摆手说：不行不行，学校有规定，出来实习绝对不能喝酒。

孙君说：可周一才正式开始实习，今天还是周末呢，属于假期时间，是不是啊同学们？

男同学立刻跟着起哄：对对对，现在是星期天，学校管不着。

孙君一听有人支持，立刻来了劲儿，跟老板喊：来两瓶白酒，要当地的啊。

饭馆的老板一听，马上从柜台那儿拎了两瓶红旗河过来。何教授把烫嘴的牛尾汤咽下去，再想阻止已经来不及了，孙君和另一个男同学已经用牙齿把酒瓶盖起开了。他们找了几个杯子，给每人倒了一点儿酒。其实何教授也馋酒，在家里老婆控制不让他喝，只有出差或出来实习的时候，才躲在房间里偷着喝点儿。

孙君递了一杯给何教授，何老师，请与民同乐。

何教授接过杯子说：行吧，你们都打开了，那就喝点儿吧，不过一定不能多喝，更不能喝多。

可是一群十八九岁的年轻人，遇见了酒就跟猫遇见了鱼一样，想不喝多也难。几杯酒下肚，劲儿上来了，挽起袖子划拳行酒令。一开始，女同学还很矜持，不敢喝，过了一会儿甚至比男同学还放得开。只有何秀竹没喝，每次她都把杯子端起来，在嘴唇上碰了碰，然后就放下。人多杂乱，也没人注意她。她旁边的胡杏儿很快就有了醉意，眼神老是盯着孙君，很快坐到孙君旁边去了。老何呢？手里夹着一支烟，被年轻人这种热气腾腾的热闹所感染，在烟雾中似乎看到了自己读大学时的样子。他的青春，也曾经是如此的喧闹而充满激情。学生们唱起了歌，年轻的朋友们，我们来相会，再过二十年……老何不断地独自端起酒杯，他不吃菜，下酒的就是这群人的歌声、喊声，是他模糊回想起来的过去。在他的斜对面，整场唯一清醒的何秀竹悄悄看着他。

从小饭馆里出来时，这群人身上都带着热气，好几个小伙子甚至把外套脱下来。他们就这么互相搀扶着，走在珲春的大街上，无惧泥泞的街道和料峭的春寒，说着胡话，唱着醉歌。清醒的何秀竹看着他们，心里头有点儿羡慕，也有点儿疏离，她刚才其实也想喝酒的，但一直被何教授吸引，害怕自己喝醉了，说出什么不该说的话，或者做出不合适的举动。她知道自己酒量浅，不敢尝试。孙君他们喝的那种高度白酒，她估计两小杯就得醉。那年，她考上中专学校，请亲戚朋友到家里吃饭，父亲带着她挨桌给七大姑八大姨和街坊邻居敬酒，她每次抿一抿，可抿多了，也醉。那天客人们还没散尽，她就醉了，当着大家的面背起了课文里的古诗：黄河远上白云间，一片孤城万仞山。母亲和弟弟把她强行拉到屋里，让她休息，可她还是喊叫：劝君更尽一杯酒，西出阳关无故人。第二天，她带着头痛醒来，感到丢人和惭愧，可回忆起自己昨天的所作所为，又感到一种舒坦。她在炕上翻来覆去，终于想明白这种舒坦从哪儿来了。其实，她在心里对自己没有读高中还是有遗憾的，但这遗憾没有任何地方和机会可以说。这场醉酒，反而让她发泄出来了。

从那儿之后，她再没有喝过酒。

今天她也抿了一点儿，不算多，但已足够让她有微微的醉意。这点儿酒意明显不太够，她还能清清楚楚地感觉到自己仍然在隐藏和压抑什么。那身体里要满溢出来的东西，被无形的盖子盖着，这是一种柔软但无限的膨胀。她看见何教授走在队伍的最后面，他没唱歌，但嘴里哼着什么。她故意落后，跟他几乎并排了，听见他哼的其实是戏曲，可不知道是什么戏,也听不清具体词。几乎每一秒她都想跟他说话。不知道为何,如果是在学校,如果是任何其他的时间和地方,她都敢于跟他聊聊天,可就是今天此刻,就是这酒意微薄却并不充足的状态下,她的内心充满了忐忑。或者说,她绝不会承认自己是喜欢何教授的,这跟胡杏儿与孙君,或者其他人的那种所谓爱没有任何相同点。可是,她到底为什么想要跟他说话,又想要看着他呢?

他是她的老师,是比她大几十岁的一个男人。哦,对了,他是男人,这是最根本的一点。如果说每一个怀春的少女身边都有一个人激发她最初的幻想,那何教授可能就是她命定的那个开关。

回到宾馆,她拿着脸盆去公共水房洗脸,冷水让她体会到自己的身体到底有多么热,也让她渐渐从半迷狂的状态里清醒过来。她回房间时,又在走廊里碰见了何教授,他跌跌撞撞冲进了水房。她听见他的呕吐声和呻吟。她在水房的门口来来回回地走,但是不敢进去。楼道里的灯突然灭了,可能是停电了，她在黑暗中一动不敢动。

过了一会儿，灯又亮起，何教授抹着嘴角的涎水，摇晃着走出来，衣服上沾着食物残渣，刚好跟她碰个对面。

他们谁都没说话，擦肩而过，回了各自的房间。

暖气还没停，屋子里很热，再加上人多，女孩子睡前又都洗洗涮涮，暖气片上搭了一张旧报纸，晾着她们的胸罩和内裤。温热的暖气把衣服上的水汽蒸腾出来，形成一种淡淡的氤氲，混合着她们的雪花膏、护手霜的味道，是一种脂粉气、女人气。她在这湿润的香气里躺倒在床上，闭着眼睛，脑子里许多凌乱的片段闪回。突然，她睁开眼睛，看向胡杏儿的床铺，是空的，她根本就没回来。

她不知道胡杏儿去哪儿了，自从那次事件之后，她们基本上没说过话了。来时的火车上，胡杏儿主动过来示好，她也只是恰当地回应，两个人都不去聊过去，但关于未来又没什么共同话题。她感到遗憾，胡杏儿曾经是她最好的朋友，就因为一句无根的谣言,两个人成了陌路人。从那之后,胡杏儿变得“规矩”了很多,极少在深夜才回来。但是这半年大家都能看出来,她一反被人追的常态,开始对孙君上心了,总是往他身边凑。

所有人在这温热湿润的气氛中睡去了,那些青春的身体,经过了酒精不同程度的麻醉,还有坐了一天车的疲惫,徜徉在暖意中,感到放松和舒服。但是,凌晨三点时一阵剧烈的玻璃碎裂之声惊醒了整个招待所的人。灯分散着亮起,人们迷迷糊糊地起身,问发生了什么事,然后是噔噔下楼的声音,再接着有人大声喊:跳楼啦,有人跳楼了。

跳楼的是胡杏儿,她正躺在泥泞的地上哀号,她的腿摔断了。

在实习的第一天,就出了一件大事。

那天晚上喝完酒,大家都回了自己的房间,胡杏儿和孙君却进了另一个房间。那是走廊尽头的一个房间,住客出去办事,服务员打扫完没锁门,房门虚掩着。两人走上楼道的时候,本来昏黄的灯光,因为突然停电整个儿黑了下来。就在黑暗中，胡杏儿的手搂住了孙君的脖子，还把孙君的手塞到了自己的衣服里，接下来，他们的嘴碰到了一起。两人开始从热切变得疯狂，他们身体靠着的一个房间门开了，两人顺势进去。他们停止动作，以为会惊醒屋子里的人，但是静了十几秒都没有任何响动，孙君借着窗口透进来的微光看见，这是一间四人间，四张床铺上都没有人。他们又开始了自己的动作。

他们滚倒在一张床铺上。

激情退却后，两人感到了惬意和疲惫，加上酒精的作用，竟然相拥着睡着了。半夜，房间里的客人开不开门，拼命敲，两人惊醒。慌乱中，他们想跳窗子逃走，可是孙君胆小，他不敢跳，却一把把胡杏儿推了下去。

胡杏儿在冰凉的泥水中躺了半个小时，嗓子都号哑了，才被医院姗姗来迟的救护车拉走。

这件事之后，他们的实习被临时取消，全体人员两天后就回到了学校，包括腿上上着夹板的胡杏儿。何教授因为带队饮酒，而且出了这么大的恶性事故，被学校处分。孙君和胡杏儿留校察看。有了处分，将来毕业分配会受到影响。半个月后，学校换了个老师，带着他们在附近的一个小地方实习了一个星期，算是完成了任务。

最后的半年过得兵荒马乱，所有人在想方设法分配到好一点儿的单位，矿务局、地质局、专科学校等等。何秀竹三年来成绩优秀，表现良好，她信心满满，觉得自己能进东河市的矿务局，成为正式的国家工作人员。但派遣证下来的时候，发现根本不是，她竟然被分到了一个小机械厂。这个机械厂跟她的专业不完全对口，而且不算国有单位，属于半私企，效益一般，偏远，没人愿意去。招不满名额，学校才把何秀竹塞进去的。

她去找领导问情况，领导只告诉她，上面就是这么安排的，至于她向往的矿务局名额，已经填上了别人的名字。

十

从厂子离开那天，正是她二十岁的生日。

并不是她非要挑这么个日子矫情，她原来的计划是要早一周的，但是每年到生日那天，厂子里会发一个蛋糕券，她要等这张券，好带一个蛋糕回去。何秀竹第一次吃奶油蛋糕，就是到厂子的第一年用工会主席发给她的蛋糕券买的。

她坐在长途车上，挎着一个黑皮包，捧着一盒奶油蛋糕，生怕颠簸的车把蛋糕颠碎了。她知道，这一次回去，如果告知父母自己辞掉了工作，他们一定会很恼怒。她要从各种细节上去消灭这些恼怒的小火苗，不让自己因此被烤焦。给她底气的，是黑皮包里层的五千元，这是她两年多来攒下的全部积蓄。何秀竹从邮政储蓄银行取出这笔钱时，心跳剧烈。她回到宿舍，关上门一张一张地数，越数越平静，她甚至忍不住跟自己说了一句：其实你早就有这个心思了。何秀竹这才恍然大悟，当第一个月拿到工资，到邮局去给父亲汇钱，她鬼使神差地从四百元钱里抽出了一百，只汇走了三百，就已经暗中为今天做着准备了。

两年多来，她一点儿一点儿地积攒着对未来生活的保障，小心翼翼地守着这点儿钱不被感冒、月经不调和各种应酬消耗掉。她知道，如果这笔钱的数额不够让她安心，她就得在这里忍耐下去，继续这平常无奇却又安稳的日子。

在小城生活的岁月，敏感的她看到一家又一家小商店涌起，那些卖零食、日用、服装的不说，就连五金店都遍地开花。厂子里的效益也可见端倪，这些年房地产、汽车领域发展越来越快，相关的五金制造跟着水涨船高。他们是个小厂子，做不了大件，但那些装修用的门窗、折页、汽车门把手、修车的扳手这一类小东西，订单一年比一年多。何秀竹想回到镇子上开一家五金店，她基本摸透了进货的渠道，只要有货源，销量问题不大。去年春节回去，她就听留在老家的初中同学说，县政府跟秦皇岛一家大的地产公司签订了战略合作协议，县上所有的商品房都由他们来建。她还看到以前空荡荡的马路上，小汽车越来越多，尽管都是大城市淘汰的高油耗、重污染的二手车。这一切都在暗示她，开一家店最好的时机到了。

何秀竹最大的困难是家里，是生病的父亲和母亲。只有搞定了他们，她才能安心地把这家店开起来。回家之前，何秀竹给村里的赤脚医生打了个电话，让他转告父亲，自己两天后坐长途车到家。

何秀竹从长途车上下来，胳膊因为长时间捧着蛋糕，已经麻了，只能请司机帮她把行李从底箱里拎出来。她站在村头，没有看见来接她的父亲，这里空荡荡的，连一条狗、一只鸡都没有。难道赤脚医生没有传话给家里吗？就算父亲不来，母亲或弟弟也应该来呀。她小心地把蛋糕盒放在一块石头上，缓慢地活动着胳膊，血液流到已经很长时间缺血的臂膀，她双手的知觉慢慢恢复。何秀竹深呼吸几口气，闻到了猪粪、鸡屎的味道，一瞬间就回到了家乡，这两种东西，她小时候要背着粪篓来拾，沤好了之后母亲去施给园子里的茄子、辣椒。

何秀竹背上所有的行李和包裹，拼尽全力才让双手空出来，艰难地捧起那个包装盒已经略微变形的蛋糕，往家的方向走。她能感觉到，盒子里的蛋糕在长途奔袭之后，已经不再完整，但她不敢打开看，她还抱着幻想，不停地告诉自己没事，蛋糕变形了也是蛋糕，依然美味。

是邻居家的小孩子帮何秀竹开了院子的门，又冲进去大声喊：何大爷，我姐回来了。屋子里有一个沉闷的应答声，但并没有人出来。何秀竹的心一沉。

走进屋里，何秀竹看见父亲躺卧在床上，母亲端着一碗药在喂他。她连忙把蛋糕放下，凑过去问，我爸怎么了？

父亲有些歉意地看看她，说，没事，老毛病，这几天又犯病了。说是要去接你的，可就是起不来，你妈也不敢离家。

何秀竹接过母亲手里的药碗，去给父亲喂药。

一直沉默的母亲空出了手，狠狠地拍了自己的大腿一下，突然大声咒骂起来，这小瘪犊子，怎么就这么能折腾啊。你爸这病就是他给气的，他把我们俩都气死得了。

何秀竹说，到底怎么回事？

是弟弟何秀山闯祸了。

去年秋天，何秀山压线进了镇上的高中，因为这个，何秀竹还专门寄给他一套运动服、一双假的耐克运动鞋，花了将近一百元。但何秀山到了镇子上之后，跟同学里的一群好玩好闹的人交上了朋友，那群人大都家在镇子上或矿上的，家庭状况好，常常一起跑出去打台球、看录像、喝酒。何秀山没钱，又想跟人家一起玩儿，就只能鞍前马后当小弟，跑腿，打架的时候冲在最前面，下手最狠。他就靠这种方式赢得了这群人的认可，让他跟着蹭吃蹭喝蹭录像看。何秀山为了显示自己的仗义，跑到学校外的小卖店赊烟赊酒，欠了不少钱。商店老板找他找不见，追到了家里，父亲母亲才知道儿子在学校干的这些事，只能东拼西凑把账结了。父亲要收拾何秀山，没打到儿子，却被他一甩手摔了个跟头，犯了心脏病。

这还没完。何秀山不敢回家，整天躲在镇子上学校旁边的出租房里。这间小房子，是他同学租的，这两个同学家在一百多里外的矿山，住不惯宿舍，就合伙租了一间房子。有天晚上，何秀山跟他们一起躺在被窝里抽烟，烟头没掐灭，引发了大火。刚好隔壁的人下夜班回来，看见着火了，把他们喊醒，几个人逃了出来，火势却难以控制，两间房子全烧了。本来这事三个人都有份儿，但另两个人一口咬定烟头是何秀山扔的，而何秀山竟然为了所谓的“哥们儿义气”，自己承担下了所有的责任。

何秀山被派出所带走了，老何就躺在床上再也没起来。

听了弟弟的事，何秀竹脑袋晕乎乎的，她不相信这些都是当年跟在自己屁股后面，整天姐姐姐姐喊着，因为怕做噩梦而不敢睡觉的弟弟何秀山干的。那时候，他是多么胆小而羞怯啊，即便是最熟悉的亲戚来家里，让他喊人，他也总是低着头轻轻地喊一声。何秀竹还记得，两个人一起去田里捡麦穗和豆子，麦芒把他的小手划得到处都是细微的伤痕，他就用这双手捧着金黄的麦穗递给她说：姐姐，姐姐，你看我捡的麦穗多大啊。捡豆子时，他用自己稚嫩的手翻开土块，一颗一颗地凑成一小捧，还是递给她说：姐姐，姐姐，好多豆子啊。豆子也是金黄的，他的手却黑乎乎，指甲里蓄满了泥土。

如果说，何秀竹对自己的出身和故地有什么怀恋和温情的话，一大半都来自弟弟。她比他大七岁，从小父母在忙地里的活儿，大都是她拖拖拉拉地带着他。自从她读中专后，他们就分开了，一开始还会每个月通几封信，后来书信渐少，而她也似乎要刻意跟自己的过去保持距离，连带着对弟弟的事也不那么关心了。她写信,也只是问问学习怎么样、吃得怎么样,从来没想过他长到了青春期,开始叛逆了,开始结交各种各样的朋友并受他们影响。其实,弟弟很小时偷偷抽烟的样子,已经露出了将来的苗头。何秀竹这时候才发现,弟弟其实已经早就不是那个捧着豆子和麦穗的孩子了,他现在手里拎着酒瓶子、嘴里叼着烟,对一切都满不在乎。作为一个早熟的女孩儿,何秀竹当然也在自己的青春期见证过那些假装"混社会"的男同学,甚至在一部分女孩子的心里,他们染着颜色的头发、流里流气的穿着和满嘴的脏话,还带着一种特殊的魅力。她哪里想到弟弟也会变成这样?

安顿好父亲,何秀竹就去路上拦车。等了好半天,才有一辆四轮车开过来,何秀竹赶紧拦住,问师傅到不到镇子上。开车的是一个四十多岁的男子,从隔壁村来,刚好要去镇子上拉猪饲料。何秀竹爬上四轮车车斗,扶着栏杆颠颠簸簸到了镇子上。她先找了个公用电话,给自己在镇政府上班的初中同学孙鲇鱼打了个电话。孙鲇鱼跟她做过一个学期的同桌，因为长得特别像一条鲇鱼，得了这个外号。他初中毕业去读了中师，毕业后回镇子上的中学教书，两年后调到了教育局，也算是在政府系统了。

孙鲇鱼的眼睛比念书的时候更鼓了，嘴也变得更大，见了何秀竹，嘻嘻哈哈说：啥时候回来的？也不说一声，给你接风啊。他一开口，何秀竹就闻到了他嘴里浓重的口臭味，混合着他吃的大蒜的味道，几乎令人作呕。她强行压住恶心的感觉，笑着说，老同学，我有事麻烦你。

何秀竹把秀山的情况才一提，孙鲇鱼就摆手说，他是你弟啊？他这个事现在轰动全县了，好在火灾被控制住了，也没有人员伤亡，要不更麻烦。何秀竹说，老同学，你一定得帮帮忙，看能不能请派出所先把人放出来，他还是个孩子，再说这也不是刑事犯罪。孙鲇鱼说，这样，我先打个电话问问。

孙鲇鱼拿起电话，嗯嗯啊啊了半天，放下电话跟何秀竹说：秀竹，这个事说大不大，人家房东也不想为难孩子，就是把损失赔偿了就行了，这是民事纠纷。派出所拘留秀山，也不会超过二十四个小时，现在我带你去领人，但你必须在一周之内把钱赔给人家。

谢谢谢谢，何秀竹连忙感谢。

孙鲇鱼带着何秀竹去派出所，就在政府大院后边，走路不到十分钟。一个民警把何秀山领了出来，头发蓬乱，满脸烟灰泥垢，可见进去之后脸都没洗一把。何秀山看见姐姐，眼神里怯懦又雀跃，他知道救自己的人来了，也知道姐姐肯定会骂他。他凑到何秀竹身边，何秀竹举起手想给他一巴掌，可他这会儿的眼神，像极了小时候做错事的样子，让她忍不住心头一软，手只是轻轻落在他脸上。

脸都不洗一下吗？还是自己知道没脸见人？

姐——何秀山小声地喊了一句，眼泪在眼睛里打转。

何秀竹带弟弟出来，又跟孙鲇鱼道谢，说请他去吃个饭。孙鲇鱼说，老同学别客气，举手之劳，好好教育教育你弟弟,别再闯祸了。出了政府大院,何秀山拉姐姐的袖子:我饿了。何秀竹就带他去旁边一家面馆,他秃噜秃噜吃了两碗茄丁打卤面,摸着鼓起来的肚子说:终于吃顿饱饭。

为了平息这件事,何秀竹把自己准备开店的钱都赔给了房东。她别无选择,父母没钱,弟弟更没钱,硬拖着不给人家说不过去,闹到法院,更难收场。当何秀竹把用手绢包着的五千元递给房东,又从房东手里接过一张几厘米宽的收条时,差点儿哭出来。她那家五金店,她计划了好几年的事业,竟然还没开始就破灭了。但是她没有为这个去伤感太长时间,她知道,只要你活着,总会有什么事来折腾你,反正躲也躲不过,只能硬着头皮往上冲。

如果说这件事有什么好处,那就是何秀竹终于不用为辞职的事在父母面前小心翼翼了,无论如何,她搭上了自己的全部身家,摆平了弟弟闯的祸,父亲和母亲再也没理由去数落她。但是何秀竹自己得想这件事,五金店开不成,她干什么呢?

何秀竹干了很多事。她借了点儿钱，跟着一个堂姐去临沂进服装，然后到大街上摆摊卖。这事有赚头，但辛苦，而且很快各类商场、商店都知道了进货渠道，争相效仿，她们的利润就越来越低。她还跑去矿山应聘，结果人家这会儿至少要大学专科，她这种中专学历完全不考虑。她跑到市里去考了一次公务员，成绩不错，面试的时候铩羽而归，有关系的比她更年轻的人，拿到了那份工作。何秀竹几乎尝试了所有能尝试的路子，都没能走通，但是她仍然坚信前面有一条路在等着自己。就算前面是东墙西墙南墙北墙四面铜墙铁壁，她也会闭着眼睛撞上去。不撞南墙不回头，撞破南墙也许就活过来了。

"置之死地而后生。"那段时间，何秀竹的脑海里一直在翻滚着从《读者》上看到的这句话，可她总是弄不明白怎么个死法，又怎么个活法。直到一次她在深夜惊醒，再也没能睡着，就这样看着整个世界一点儿一点儿从黑暗走到清晨。阳光照进房间的一刹那，何秀竹知道自己该干吗了，她要从头来过，从她当年初中毕业时选择中专那一刻来过。她要回到那个命运之轨被扳歪的时刻，再做一次选择和努力，命，如果有的话，她也只认自己拼过全力的命。

何秀竹再次出门了。

这一回，她去了市里，花了一年时间，一边打工一边念书，在夜大拿到了同等学力的本科文凭。但这不是终点，何秀竹的目标是考研，她要去大城市读研究生。现在，在何秀竹面前已经没有任何迷障，她身后更是空若无物，什么都不去想，只是去做就是了。她坚信，自己可以做到。“世上本没有了路，只要你不停地在一个地方走，早晚能走出一条路来。”这句话，也是从杂志上看到的，不是原话，何秀竹改了后半句。

十一

她最隐秘的那部分，跟任何人都不会说，连她自己都只在极其必要的时候才想起。她更愿意什么也不想地去享用那种快乐，混杂着意淫和想象的快乐，她又开心又悲哀。她的开心在于，那是她全部人生的唯一例外；她的悲哀也在于，她明确地知晓这一生最大的放纵也只是如此了。她像一个心无旁骛地在沙场上征战若干年的战士，回到阔别已久的家乡，只能通过杀掉一只鸡、一只兔子来品尝血色。她如此努力所争取的，不过是她既不是女儿、母亲、妻子，也不是单位的谁谁谁、某人的闺密朋友之类，她仿佛躺卧在阔大的海面之上，任由自己缓缓沉入海底。

但她总会在即将窒息的一刻浮上水面。

Hery的手指轻柔地划过她的头皮，她感到自己的身体在微微颤抖，头皮是酥麻的，像是每一个细胞都被最合适的阳光、空气、温度唤醒了，伸展着自己的纤维。她渴望那双手继续下去，甚至渴望它们能肆无忌惮地从衣领伸进衣服里面，越过蕾丝边的胸罩，去抚摸暗暗发胀、发烫的乳房，而且要用力。她几乎要呻吟起来。

力度怎么样，姐？

Hery带着南方口音的普通话，沿着水痕钻进她的耳朵，顺着耳道一直蔓延到鼓膜。鼓膜在轻微的潮湿中微微颤动，她也随即发出轻轻的一声嗯。这不是对Hery的应答，而是一个女人对自身的感叹。她不想从刚才的想象和体验中出来，这个彻底忘掉家庭和社会的瞬间是多么美妙，这个灵魂赤裸的瞬间多么让人陶醉。当然，他的手只是在头发里游走、抓挠，不可能伸进衣领去撩骚她。他的话再次有些不合时宜地响起：姐，今天就洗个头吗？不剪一下？要不烫个离子烫吧？

结束了，她得回到现实里，那个每次给她做干洗的洗头小弟，真正感兴趣的是推销贵宾卡，是让她在店里烫发、染发、美容，他对她本身丝毫不感兴趣。她不在乎他感不感兴趣，每周一次，她都会到理发店去做干洗，这个习惯她保持了有两年了。

两年前，一个电话把她的前半生扎了个针眼儿，何秀竹绷了几十年的那股劲儿，就这么一点儿一点儿地放掉了。电话是胡杏儿托人打来的。自从中专毕业后，何秀竹跟胡杏儿再也没有联系过。对方电话里说，让她去东河市。何秀竹记得，当年自己曾有机会分配到那里，但后来名额给了其他人。

何秀竹是在东河市的医院里见到胡杏儿的。胡杏儿得病了，癌症，已经做了大半年的化疗，但效果不明显，癌症转移到很多器官，医生说活不过三个月了。看着脸色雪白、头发掉光的胡杏儿，何秀竹号啕大哭。她的眼泪既是给这个读书时最好朋友的，也是给自己这些年所经受的一切的。很长一段时间以来，她觉得自己是世界上最惨的人，可现在面对着胡杏儿，她发现自己仍然是幸运的那一个。胡杏儿身体很虚弱，她真的不行了。她有一个未婚夫，不是孙君，是她单位的同事，自她生病后一直不离不弃地照顾她。胡杏儿的未婚夫告诉何秀竹，说她一定要见到你，有些话，一定要在死之前说。

病房里只剩下何秀竹跟胡杏儿，她握着她的手，那双手仿佛没有骨头，是一团融化的肉。何秀竹几乎无法从这双手里感觉到她还活着。胡杏儿断断续续地告诉了她，当年毕业分配的事。

对不起，秀竹，是我占了你矿务局的名额，现在这可能是我的报应。

原来，当年分配时，胡杏儿怀了孙君的孩子，但是孙君并不想跟她结婚。他和她在一起，就是为了身体的贪欢。孙君让她把孩子打掉。胡杏儿知道自己不可能收服这个浪子，就以此为条件，让孙君找他父亲，帮她安排工作，她不能赔了感情最后什么都没剩下。孙君的父亲通过暗箱操作，把本来要给何秀竹的矿务局名额转给了胡杏儿。在那个年代，这不是多难的事。

胡杏儿依约打掉了孩子。当她得知自己抢走的是何秀竹的名额时，曾有过短暂的挣扎，可她不敢也不愿意放弃，她觉得自己比何秀竹更需要这份工作，更需要这个保障。这么多年来，她一直心怀愧疚。她一直通过各种方式关注着何秀竹，每一次何秀竹换了地方，她总是第一时间想办法找到她的联系方式，可是她一次也没有联系过她。她不知道自己该怎么说，该如何面对昔日的朋友。到现在，她命不久矣之时，这件事再也不能拖下去了。她于是央求那个无条件爱她的未婚夫，帮她联系何秀竹。

何秀竹听得震惊不已，她脑海里有千万个疑问在翻滚，可那些疑问在已经不可更改的现实面前又是如此虚无缥缈。她感到自己深陷困境，胡杏儿即将死去，她又能对曾经的掠夺怎么样呢？所以，她既没有办法对胡杏儿说出原谅的话，也说不出安慰的话，她只能握着她软绵绵的手流泪。

何秀竹没有马上返程，一直陪胡杏儿走到最

后。她们见面之后，胡杏儿只活了五天。一个阴雨天里，何秀竹跟胡杏儿的未婚夫一起，把那个瘦到只有六七十斤的身体送到了火葬场，看着她化成烟火和灰烬。

回北京的火车上，何秀竹翻来覆去地想自己这些年的日子，想那些在她生活里来来往往的人，想命运的乖张和残忍。如果那时候，她如愿去了矿务局，自己的人生肯定跟现在完全不同。然而生活里没有如果，也幸好，没有如果。她忽然明白了什么是无常，也看清了眼下自己面前的路，很宽，甚至有好几条可以选择，但现在，她会选最多人走的那条。

从火车站回家，遭遇了大堵车，她实在等不及了，直接拎着行李箱下车往回走。离小区还有两站地左右，她低头赶路，却被一个少年拦住。原来街边是一家新开的理发店，门口旋转的花灯影影绰绰。少年站在光影里，顶多十八岁的样子，拿着一摞宣传单，用很小的声音问过路的人办不办卡，现在可以打七折。她也收到了一张，正要跟平时一样随手扔掉的时候，她看见了他的眼神。那是一双初出茅庐还没有被生活磨炼过的眼睛，带着一丝可怜巴巴的祈求，可她又在这祈求里看见了某种隐秘的倔强，仿佛是整个湖面结冰时在最中心留下的一小片波纹。他有一张婴儿般光洁的脸，俊俏，白净，特别是他的鼻子，那是她在男人的脸上见过的最漂亮的鼻子。

她鬼使神差地问：你们这儿能做干洗吗？

他立刻活跃起来，说：有的，干洗、美容、保养，什么都有，而且新店开业，打七折。办卡储值一万元以上，终身半价，特别划算。她说，我想做个干洗，而且就你洗，做得好了，我就办卡。他愣了一下，说：我……我现在负责发传单，我……

那就算了，她说。她转身离去的一瞬间还在想，自己这是疯了吗？可还没有等想法全部闪现，就听见身后的声音说：姐，那咱们去店里吧，我给你洗。她已无法再走。她走了太多年了，终于找到一个停下的理由。

后来她知道，如果这一个月他再没有业绩，很可能会被炒鱿鱼，她是他能抓住的最后一根稻草。他们走进装修豪华的理发店，店内到处是镜子，把人照得恍恍惚惚，音响里外国歌手声嘶力竭地唱着，好像所有人都被这个时代遗弃了。他跟门口那个化着精致妆容的经理小声说了些什么，经理点了点头，他放下手中的东西，走到她面前说：您要存包吗？她反问他：你说呢？他脸红了一下，说：姐你跟我来。

他把她引导到干洗区，躺卧在一张柔软舒服的椅子上，脖颈下的凹槽让沉重的颈椎感到一种轻松。他拿了洗发液，挤在自己的手心，双手揉搓出泡沫，然后涂抹在她头发上。她闭着眼睛，但能感觉到自己的头发缝隙被泡沫充满，整个头仿佛漂浮在水中。他的手指伸进了她头发里，梳理揉搓，海面开始翻滚着温柔的浪花。她心里跟马勋、跟生活梗着的那股劲儿突然松懈，眼泪唰地一下就流了出来，他并没看见，还以为是水龙头溅上的水。后来，他们又去洗发区清理了泡沫，再回到干洗区的躺椅上，他给她捏额头和耳郭，然后用一根棉签采耳。他把棉签一头的棉花扯得细细长长，轻轻伸进她的耳洞，似乎是他隔着口罩的呼吸钻了进去，她身体微微抖动了一下，然后感到了极其熨帖的舒服。她仿佛睡着了，但能感受到他轻盈而小心的动作，她的耳朵里什么也没有，她的头发也不脏。她这会儿觉得，人长头发和耳朵，就是为了做这些的。

离开时，她办了一张一万元的贵宾卡，刷卡的那一刻，她看见这个少年的眼神里再也不全是怯懦了，而是多了一种兴奋。他把她送到门口，热情地开门，说：姐您慢点，您常来。她走下台阶，又听见他喊了一声：我是25号小源。

她一身轻松地回到家里，马勋正在沙发上打游戏，见她推门进来，有些茫然。他没想到她这么快就回来了，也没想到她开门、关门的声音如此平常，而不是以前吵架时的猛烈摔打，而且她还拎着两个外卖盒。她把装着三文鱼寿司的餐盒放在茶几上说，我吃过了，就进了卫生间。里面很快响起淋浴的声音，一切都仿佛跟其他日子毫无不同。他愣神的刹那，游戏里的那个他丢掉了一条命，他赶紧重新集中注意力，再次端起了冲锋枪。

她在卫生间里，把刚刚洗过的头发又冲洗了好久。刚才，在脱衣服的时候，她羞赧地发现内裤是湿的，她恍然间醒悟，之前在洗头的时候，自己的身体竟然涌起了潮汐。本来她不打算洗头的，但现在，似乎不洗就留下了某种罪恶的证据。温热的水敲击着她的头皮，那个少年的手指触碰的感觉从身体里涌现出来，继续冲击着她的感官。借着温热的水，她尽情地流了一会儿眼泪，但是她此刻并不悲伤，也不难过，她忽然发现自己以前所纠结的很多事情都是庸人自扰。她总是以一种别扭的姿态去对抗，搞得辛苦疲乏，但只要换个姿势，一切似乎很简单。

在此之后，她每周都会到那家理发店去做干

洗，有时也剪一下头发或者烫发；干洗的话，总是找那个25号叫小源的少年。他们渐渐熟络起来，她眼看着他的青涩洋葱皮一样一层层褪去，露出本性的另一面。他的手指在她的头发里，再也不是最初的小心翼翼，而是驾轻就熟的老练，她依然能感觉到放松和舒适，可再也体验不出原来的战栗感了。他会跟她说自己交了个女朋友，每天晚上十点多下班，他们一起骑自行车一个小时回到西山附近的出租房里。

路上好安静啊，他说，有几段还特别黑，我摔倒过一次，把手都磕破了。

她脑海里忍不住想，啊，他有女朋友了，还住在一起，他们肯定做过了，他们肯定每天都在做。她总是被自己的这些想法吓一跳，忍不住扭动一下身子，想用身体来掩饰心里不堪的想象。他已经不再注意她的这些细微动作，对他来说，她跟其他洗头的人毫无两样。他还说自己是家里的老小，上面有三个姐姐，说她特别像他大姐。她听了，心里很不舒服，但又知道这毫无理由。她有次曾亲耳听到，他跟另一个来做美容的女人说，她像他的大姐。他可能并没有那么多姐姐，甚至一个都没有，连小源这个名字也是进店之后才起的。

总体来说，她在工作里、家庭里遇见什么不太顺心的事，第一时间都会到这里做个干洗，她沉溺在这种合情合理的陌生亲密接触中。她不喜欢去洗脚城捏脚或做什么SPA之类的，哪怕那里也有好看的男技师。她只是渴望一双温柔的手穿过头发。一年多后，他已经不再是洗头小弟，而是这家店里的一线理发师，他的头发有时候是直的有时候是卷的，有时候是红的有时候是黄的。他熟练地操持着剪刀和吹风机，跟所有的女客户谈笑风生，她以自己的上百次洗头，目送他从一个少年变成一个男人。她能想象，过不了多久，他就会跟马勋或她单位的那些男人一样了。但是无所谓，她已经找到了生活之路，她已经学会了改变形体穿过奇形怪状的人体森林。这张卡还有三千多元，她转让给了一个朋友,然后到另外一家办了新卡,因为那里有新来的少年,也能做干洗,她也只需要做个干洗。

两年的时间,她换了三家店,现在是第四家。

其实,三天前她才来过一次,本来要等下周再过来。但晚饭时她无意间发现的一件事,让她心情低落到了极点,她必须出来放松一下。

把多多送到家附近的课外班,她回去收拾了一下屋子。她拎着在阳台晒好的水去浇花时,发现每个花盆里都湿润润的,有的甚至还滴着水,她记得清清楚楚,自己这几天并没浇水。那只能是马勋浇的,但是,自己专门晾晒的水一点儿没少。这只能说明,马勋是用其他水浇的。他怎么会突然给花浇起水来了呢?

有一个想法突如其来, 让她自己也感到害怕:他,会不会是故意弄死我的花的?这个念头一出来,她浑身战栗,如果这时候马勋在家,她可能会吃了他。她坐下,开始翻两个人的聊天记录,除了日常的吃饭、买东西、接送孩子之类的信息，没什么奇怪之处。她闭着眼睛回想自己每次浇花的情形，似乎花盆总是湿的，还有有些不能多接触阳光的花，总是出现在阳台上。之前，她都以为是自己忘记搬回来了，现在想来，也有可能是马勋故意搬过去的。她还想起，自己去花店咨询时，店主几次都说那些花按照方法养，是绝不会死的，可是都死了。

她颤抖着拿起手机，要给马勋打电话，但是电话在接通之前挂断了。她发了条微信给他：没事，不小心摁到了。这一会儿，她冷静了些，她想到自己对马勋，也有过许多不能示人的小心思。比如，多多两岁时，有一阵马勋的父母过来住，她悄悄实行的冰山政策。她对公婆没什么意见，双方属于最常见的关系，不亲密但也没什么矛盾，她的意见是对马勋的。他们在这儿住了一个月，她对公婆都是热脸相迎、嘘寒问暖，但对马勋始终冷若冰山。

还有，她和马勋之间的性生活，也是她掌握着主动权。曾经有过一段时间，她的欲望比较强烈，几乎每周至少要两三次。那时候她还没生孩子，年轻，荷尔蒙旺盛，但是马勋和所有男人一样，已经过了那个新鲜刺激的阶段，对身边人有了初步的审美疲劳了，他大都是打卡完成任务。但是自从她怀孕之后，他们就很少再做爱；生完孩子之后，她身体的激素发生变化，对于男女之事越来越淡，相反马勋因为长期的禁欲，又变得需求旺盛起来。她掌控着性生活的节奏，一切都是按照她的时间点来的，以至于很多次，马勋为了一次求欢，会干干净净地洗半个小时澡，甚至喷点香水，奴颜婢膝地钻进她的被子里，探索着抚摸她的乳房和小腹。她感到他的可怜，所以满足了他。她并不担心马勋会出去乱搞，他没有那个胆量，并不是说他不敢去，而是他本身就不会。他是一个危机感很重的人，不相信洗头房里的女孩子身体健康，也不相信他们说的警察绝对不会来查，他深深地害怕偶然性的噩运落在自己头上，特别是前几年爆出来一些热点事件之后。

她想起来的和马勋之间的那些温情，都是极其细碎的，但在她的心里扎下了根，缓慢地被日常生活浇灌着。它们长不成大树，可是架不住犹如青草般蔓延，日积月累，就把大部分空间侵占了。比如，她生多多的时候，二十多个小时还没生下来，马勋不停地劝她说：剖吧，剖吧。可是她坚持要自己生，她觉得这是对自己的考验，等第二天终于把孩子生下来，那个主治医生跟她说：你老公不错，你知道吗？进产房前他跟我说，万一有什么事，一定要先保大人。她听了心里顿时热腾腾的，这有点儿让她意外。还比如，他知道她宝贝那个铁做的变形金刚，某一年的生日，便特地找朋友在一家厂子里仿制了一个，说万一那个丢了，还有个备份。这俩铁疙瘩都摆在客厅的窗台上，背靠着那扇窄小的窗子。

何秀竹已经想通了，婚姻里总会有各种各样的暗战，但是最好不要挑明，一旦挑明，暗战就变成了宣战。所以，她不打算跟马勋说花的事了，但是她会找个合适的时机提醒他，让他知道自己已经发现了他的猫腻，并且，非常大度地原谅了他的任性。不是吗？一旦你把男人的这种抗争当成孩子般的任性，他们在你的眼里也就跟孩子一个等级了。

Hery是个九〇后，其实比她之前见过的所有洗头小弟都大胆，他常常会低低地俯身，嘴唇几乎就在女客人的耳边，轻轻地说：姐，水温怎么样，舒服吗？他像现在同样年纪的青年人一样，善于这种暧昧的撩动，但其实并不想也不会跟任何客人发生实质性的越界，他们徜徉在这种道德边缘的行走中，以此为乐。他的呼吸钻进了耳朵里，又麻又痒，她忍不住耸了下肩。他的手滑到了她的脖颈那里，轻轻地揉捏着，似乎就要钻进内衣了，却蝴蝶般飘然闪开，给她留下徒然的渴望和失落的空荡，尽管她已经准备好了在他深入时低声制止。

这二十分钟的时间里，她已经想好了接下来的应对策略，一味地进攻只会适得其反，杀敌八百自损一千的事，她干不起了。毕竟，她的目的不是压倒马勋，而是让这个家更美好，让自己活得更幸福。

晚上，马勋回到家时会发现一地狼藉，到处都是花的尸体。她把所有的花都拔掉，花盆里的土和肥料全部清理。马勋会大吃一惊，问她：怎么回事？她将告诉他，也许他说的是对的，她就不适合养花，她跟花相克，与其养死，还不如直接毁掉。他心里会产生内疚，然后劝说她：哪有什么相克不相克，都是偶然现象。她会问：老公，你说我还能养花吗？我是不是就不该有自己喜欢的东西啊？他肯定会说：当然能养啊，没事，咱们换一批新花来养，这回肯定行。

他们家里还会绿植葱郁、鲜花盛开的，她确信；而且这些花再也不会轻易枯萎了，她也确信。